KB236425

천년의 우리소설 9

# 조선의 야담 1

**千년의 우리소설 9**
조선의 야담 1

박희병·정길수 편역

2013년 9월 30일 초판 1쇄 발행

펴낸이 한철희 | 펴낸곳 돌베개 | 등록 2003년 12월 9일 제406-2003-000018호
주소 (413-756) 경기도 파주시 회동길 77-20 (문발동)
전화 (031) 955-5020 | 팩스 (031) 955-5050
홈페이지 www.dolbegae.com | 전자우편 book@dolbegae.co.kr

편집 이경아·최혜리·이혜승
표지디자인 민진기디자인 | 본문디자인 이은정
제작·관리 윤국중·이수민 | 마케팅 심찬식·고운성
인쇄 한영문화사 | 제본 경인제책사

ⓒ 박희병·정길수, 2013

ISBN  978-89-7199-570-9 04810
ISBN  978-89-7199-282-1 (세트)

이 도서의 국립중앙도서관 출판시도서목록(CIP)은 e-CIP 홈페이지
(http://www.nl.go.kr/cip.php)에서 이용하실 수 있습니다.(CIP제어번호: CIP2013018190)

책값은 뒤표지에 있습니다.

천년의 우리소설 9

# 조선의 야담 1

박희병·정길수 편역

돌베개

이 총서는 위로는 신라 말기인 9세기경의 소설을, 아래로는 조선 말기인 19세기 말의 소설을 수록하고 있다. 즉, 이 총서가 포괄하고 있는 시간은 무려 천 년에 이른다. 이 총서의 제목을 '千년의 우리소설'이라 한 이유가 여기에 있다.

근대 이전에 창작된 우리나라 소설은 한글로 쓰인 것이 있는가 하면 한문으로 쓰인 것도 있다. 중요한 것은 한글로 쓰였는가 한문으로 쓰였는가 하는 점이 아니다. 오늘날의 관점에서 볼 때 그런 것은 그다지 중요하지 않다. 정말 중요한 것은 문예적으로 얼마나 탁월한가, 사상적으로 얼마나 깊이가 있는가, 그리하여 오늘날의 독자가 시대를 뛰어넘어 얼마나 진한 감동을 받을 수 있는가 하는 점일 터이다. 이 총서는 이런 점에 특히 유의하여 기획되었다.

외국의 빼어난 소설이나 한국의 흥미로운 근현대소설을 이미 접한 오늘날의 독자가 한국 고전소설에서 감동을 받기란 쉬운 일

이 아니다. 우리 것이니 무조건 읽어야 한다는 애국주의적 논리
는 이제 더 이상 통하지 않는다. 과연 오늘날의 독자가 『유충렬
전』이나 『조웅전』 같은 작품을 읽고 무슨 감동을 받을 것인가.
어린 학생이든 혹은 성인이든, 이런 작품을 읽은 뒤 자기대로 생
각에 잠기든가, 비통함을 느끼든가, 깊은 슬픔을 맛보든가, 심미
적 감흥에 이르든가, 어떤 문제의식을 환기받든가, 역사나 인간
에 대한 이해를 증진시키든가, 꿈과 이상을 품든가, 대체 그럴 수
있겠는가? 아마 그렇지 못할 것이다. 그럼에도 이런 종류의 작품
은 대부분의 한국 고전소설 선집 속에 포함되어 있으며, 중고등
학교에서도 '고전'으로 가르치고 있다. 그러니 한국 고전소설은
별 재미도 없고 별 감동도 없다는 말을 들어도 그닥 이상할 게 없
다. 실로 학계든, 국어 교육이나 문학 교육의 현장이든, 지금껏
관습적으로 통용되어 온 고전소설에 대한 인식을 전면적으로 재
검토해야 할 시점에 이르렀다. 이 총서는 이런 문제의식에서 출
발한다.

　이 총서가 지금까지 일반인들에게 그리 알려지지 않은 작품들
을 많이 수록하고 있음도 이 점과 무관치 않다. 즉, 이는 21세기
의 한국인들에게 어필할 수 있는 새로운 한국 고전소설의 레퍼토
리를 재구축하려는 시도인 것이다. 이 점에서 이 총서는 그렇고
그런 기존의 어떤 한국 고전소설 선집과도 다르며, 아주 새롭다.
하지만 이 총서는 맹목적으로 새로움을 위한 새로움을 추구하지

는 않았으며, 비평적 견지에서 문예적 의의나 사상적·역사적 의의가 있는 작품을 엄별해 수록하였다. 그리하여 우리는 이 총서를 통해, 흔히 한국 고전소설의 병폐로 거론되어 온, 천편일률적이라든가, 상투적 구성을 보인다든가, 권선징악적 결말로 끝난다든가, 선인과 악인의 판에 박힌 이분법적 대립으로 일관한다든가, 역사적·현실적 감각이 부족하다든가, 시공간적 배경이 중국으로 설정된 탓에 현실감이 확 떨어진다든가 하는 지적으로부터 퍽 자유로운 작품들을 가능한 한 많이 독자들에게 소개하고자 한다.

그러나 수록된 작품들의 면모가 새롭고 다양하다고 해서 그것으로 충분한 것은 아닐 터이다. 한국 고전소설, 특히 한문으로 쓰인 한국 고전소설은 원문을 얼마나 정확하면서도 쉽고 유려한 현대 한국어로 옮길 수 있는가의 여부에 따라 작품의 가독성은 물론이려니와 감동과 흥미가 배가될 수도 있고 반감될 수도 있다. 이 총서는 이런 점에 십분 유의하여 최대한 쉽게 번역하기 위해 많은 고심을 하였다. 하지만 쉽게 번역해야 한다는 요청이, 결코 원문을 왜곡하거나 원문의 정확성을 다소간 손상시켜도 좋음을 의미하지는 않는다. 이런 견지에서 이 총서는 쉬운 말로 번역해야 한다는 하나의 대전제와 정확히 번역해야 한다는 또 다른 대전제—이 두 전제는 종종 상충할 수도 있지만—를 통일시키기 위해 많은 노력을 기울였다.

한국 고전소설에는 이본異本이 많으며, 같은 작품이라 할지라도 이본에 따라 작품의 뉘앙스와 풍부함이 달라지는 경우가 비일비재하다. 그뿐 아니라 개개의 이본들은 자체 내에 다소의 오류를 포함하고 있다. 따라서 하나하나의 작품마다 주요한 이본들을 찾아 꼼꼼히 서로 대비해 가며 시시비비를 가려 하나의 올바른 텍스트, 즉 정본定本을 만들어 내는 일이 대단히 긴요하다. 이 작업은 매우 힘들고, 많은 공력功力을 요구하며, 시간도 엄청나게 소요된다. 이런 이유 때문이겠지만, 지금까지 고전소설을 번역하거나 현대 한국어로 바꾸는 일은 거의 대부분 이 정본을 만드는 작업을 생략한 채 이루어져 왔다. 하지만 정본 없이 이루어진 이 결과물들은 신뢰하기 어렵다. 정본이 있어야 제대로 된 한글 번역이 가능하고, 제대로 된 한글 번역이 있고서야 오디오 북, 만화, 애니메이션, 드라마, 영화 등 다른 문화 장르에서의 제대로 된 활용도 가능해진다. 뿐만 아니라 정본에 의거한 현대 한국어 역譯이 나와야 비로소 영어나 기타 외국어로의 제대로 된 번역이 가능해진다. 이런 점에서 본다면 작금의 한국 고전소설 번역이나 현대화는 대강 특정 이본 하나를 현대어로 옮겨 놓은 수준에 머무는 것이라는 한계를 대부분 갖고 있는바, 이제 이 한계를 넘어서야할 시점에 이르렀다. 이 총서에 실린 대부분의 작품들은 2년 전에 내가 펴낸 책인 『한국한문소설 교합구해校合句解』에서 이루어진 정본화定本化 작업을 토대로 하고 있는바, 이 점에서 기존의 한국 고전소설 번역서들과는 전적으로 그 성격을 달리한다.

나는 『한국한문소설 교합구해』의 서문에서, "가능하다면 차후 후학들과 힘을 합해 이 책을 토대로 새로운 버전version의 한문소설 국역을 시도했으면 한다. 만일 이 국역이 이루어진다면 이를 저본으로 삼아 외국어로의 번역 또한 생각해 볼 수 있을 것이다"라고 말한 바 있다. 바야흐로, 한국 고전소설을 전공한 정길수 교수와의 공동 작업으로 이 총서를 간행함으로써 이런 생각을 실현할 수 있게 되어 대단히 기쁘게 생각한다.

이제 이 총서의 작업 방식에 대해 간단히 언급해 두고자 한다. 이 총서의 초벌 번역은 정교수가 맡았으며 나는 그것을 수정하는 작업을 하였다. 정교수의 노고야 말할 나위도 없지만, 수정을 맡은 나도 공동 작업의 취지에 어긋나지 않게 최선을 다했음을 밝혀 둔다. 한편 각권의 말미에 첨부한 간단한 작품 해설은, 정교수가 작성한 초고를 내가 수정하며 보완하는 방식으로 작업하였다. 원래는 작품마다 그 끝에다 해제를 붙이려고 했는데, 너무 교과서적으로 비칠 염려가 있는 데다가 혹 독자의 상상력을 제약할지도 모르겠다는 생각이 들어 이런 방식으로 바꾸었다.

이 총서는 총 16권을 계획하고 있다. 단편이나 중편 분량의 한문소설이 다수지만, 총서의 뒷부분에는 한국 고전소설을 대표하는 몇 종류의 장편소설과 한글소설도 수록할 생각이다.

이 총서는, 비록 총서라고는 하나, 한국 고전소설을 두루 망라

하는 데 목적이 있지 않다. 그야말로 '千년의 우리소설' 가운데 21세기 한국인 독자의 흥미를 끌 만한, 그리하여 우리의 삶과 역사와 문화를 주체적으로 돌아보고 성찰하는 데 도움이 될 만한, 그럼으로써 독자들의 심미적審美的 이성理性을 충족시키고 계발하는 데 보탬이 될 만한 작품들을 가려 뽑아, 한국 고전소설에 대한 인식을 바꾸고 확충하고자 하는 것이 본 총서의 목적이다. 만일 이 총서가 이런 목적을 어느 정도 달성했다는 평가를 받게 된다면 영어 등 외국어로 번역하여 비단 한국인만이 아니라 세계 각지의 사람들에게 읽혀도 좋지 않을까 생각한다.


2007년 9월

박희병

# 차 례

# 이 절도사가 궁할 때 가인을 만나다

신돈복

인조仁祖 때 황해도 봉산 땅에 무관武官이 아무개가 살았다. 무관은 재산이 많고 도량이 매우 넓어서 남에게 베풀기를 좋아했고, 사람을 잘 믿어 조금도 의심하지 않았다. 그리하여 누군가 위급한 일을 당했다고 하면 아낌없이 재산을 퍼 주다 보니 이 때문에 재산이 다 없어져 지탱할 수 없는 지경에 이르렀다. 그러나 풍채가 늠름하고 멋져서 무관을 본 사람들은 무관이 언젠가 크게 출세할 것이라고 기대했다. 무관은 선전관[1]이 되었다가 어떤 일에 연루되어 직위를 잃은 뒤 고향에 내려와 몇 년을 보냈다. 오랜 세월이 흘렀지만 병조兵曹에서는 무관을 새로운 벼슬에 추천하지 않았다.

그러던 어느 날 무관이 아내에게 말했다.

"시골에 내려와 사는 무관에게 벼슬이 제 발로 올 리 없소. 집

---

1. **선전관宣傳官**  임금의 행차를 호위하고 명령을 전달하는 등의 일을 맡은 무관직.

이 이렇게 가난하니 하루아침에 죽게 될까 걱정이오. 남은 땅을 모두 팔면 400여 냥은 나올 텐데, 이걸 들고 서울에 가면 벼슬을 얻을 수 있을 거요. 일이 성공하면 사는 거고 실패하면 죽는 건데, 결판을 내고 싶소."

아내도 그러자고 했다. 마침내 땅을 다 팔고 보니 과연 400냥이 생겼다. 100냥은 아내에게 주어 생계를 꾸리게 하고, 나머지 300냥을 들고 서울에 갔다.

무관이 건장한 하인들을 앞세워 준마를 타고 가니 가는 곳마다 사람들의 눈길을 끌었다. 벽제역²에 이르러 하룻밤 묵게 되었다. 하인들이 말먹이를 준비하고 있는데, 벙거지를 쓰고 깨끗한 새 옷을 입은 사내가 홀연 나타났다. 처음에는 밖에서 엿보고 서 있더니 이윽고 안으로 들어와 하인들과 이야기를 나누는데, 말하는 품이 퍽 정다웠다. 하인들이 사내를 좋아하게 되어 어디서 오느냐 묻자 사내가 말했다.

"나는 병조판서 댁 하인이라오."

무관이 멀리서 그 말을 듣고 급히 사내를 불러 물으니 대답이 똑같았다. 무관은 몹시 반가워하며 말했다.

"내가 지금 벼슬을 구하러 서울에 가는 중인데, 내가 만나고 싶은 분이 바로 병조의 전관³이야. 네가 정말 병조판서 댁에서 신임하는 하인이라면 나를 위해 중간에서 주선 좀 해 줄 수 있겠느냐? 그런데 네가 여기 온 건 무슨 일 때문이지?"

"소인은 병조판서 댁 우두머리 하인입니다. 상전 댁 노비가 평안도에 많이 있는데, 지금 그 신공[4]을 받아 오라는 분부를 받고 오늘 출발했습지요."

무관이 한숨을 쉬며 말했다.

"너를 만나기 쉽지 않은데, 이렇게 길이 어긋나는구나. 어떻게 좋은 방책이 없겠느냐? 가르쳐 다오."

"그건 어렵지 않습니다. 저하고 같이 서울에 가시기만 하면 돼요. 소인이 분부를 받고 나온 지 벌써 며칠 되었습니다만 길일吉日을 택해서 출발하느라 지금에야 나왔는데, 상전께선 아직 모르실 겁니다. 지금 되돌아가서 나리를 위해 일을 주선한 뒤에 출발해도 늦지 않겠군요. 그런데 행장 안에 지니신 것이 얼마나 되는지요?"

"300냥 있지."

"근근이 쓸 수 있겠네요."

마침내 무관은 사내와 함께 서울에 갔다. 사내는 병조판서 집 근방에 무관의 숙소를 정해 주었다. 그러고는 그 집 주인에게 무

---

3.전관銓官  관리의 인사를 담당하는 벼슬아치. 문관은 이조판서, 무관은 병조판서가 그 최고 책임자.
4.신공身貢  주인과 떨어져 사는 노비가 직접 일하는 대신 바치는 공물. 노비 1명당 해마다 면포 1~2필의 공물을 바쳐야 했다.

관을 잘 모시라고 당부하는데, 주인을 대하는 태도가 몹시 위세 등등했다. 무관은 주인이 사내를 근실히 받드는 모습을 보고, 주인이 평소부터 사내와 잘 알고 지냈나 보다 여기며 더욱 사내를 믿었다.

사내는 집으로 돌아가더니 며칠이 지나도 오지 않았다. 무관이 속았나 싶어 걱정하고 있던 차에 사내가 나타났다. 무관은 마치 한나라 고조가 소하를 다시 얻은 듯이[5] 극도로 반가워했다. 그동안 오지 않은 이유를 묻자 사내가 말했다.

"나리의 벼슬자리 주선하는 일이 그리 급작스레 이루어지겠습니까? 지름길이 하나 있는데, 100냥은 써야 합니다."

무관이 무슨 말이냐 급히 묻자 사내가 말했다.

"대감의 누님이 한 분 계신데, 혼자되셔서 아무 동에 사십니다. 대감께선 누님을 몹시 생각하셔서 누님 말씀이라면 뭐든지 따르신답니다. 소인이 나리의 일을 그 댁에 아뢰었더니, 마님께선 100냥을 주면 좋은 벼슬자리가 당장 나올 거라 하시는군요. 나리께선 아낌없이 쓰실 수 있겠습니까?"

"이 돈이 다 그런 데 쓰려고 가져온 건데 뭘 더 묻느냐?"

꽃꽃꽃꽃

5. **한나라 고조가~얻은 듯이**  한나라 장군 한신韓信이 처음에 고조高祖에게 인정받지 못하자 달아난 적이 있었다. 그러자 고조가 가장 신임하던 신하 소하蕭何는 이 소식을 듣고 한신을 데려오려고 쫓아갔다. 고조는 소하까지 함께 달아난 줄 알고 걱정했는데, 나중에 소하가 한신을 데리고 나타나자 매우 기뻐했다.

즉시 전대를 열어 숫자만큼 돈을 헤아려 주었다. 하인들이 의심스러워 말했다.

"나리가 직접 가시지 않고 저 사내에게 돈을 모두 맡기다니, 사기가 아닐지 어찌 아십니까?"

"병조판서 댁 하인이라면 확실한 거지, 사람을 왜 이리 못 믿느냐?"

이튿날 사내가 와서 말했다.

"마님께서 돈을 받고는 매우 좋아하시며 당장 대감께 말을 통해서 산정[6] 때 적당한 자리가 있으면 반드시 수망[7]으로 올려 달라 간청하셨고, 대감께서도 벌써 승낙하셨답니다. 하지만 대감께서 중히 여기시는 분이 옆에서 도와주시면 일이 더 확실해지겠지요. 대감께서는 본래 아무 고을에 사는 벼슬아치 아무개 나리를 좋아하고 중히 여기셔서 그분 말씀이라면 반드시 따르십니다. 그분한테 50냥을 드리면 필시 좋아하며 큰 힘을 쓰실 거예요."

무관은 참으로 그렇겠다 싶어 일을 추진하게 했다. 사내가 돌아와 기쁜 얼굴로 말했다.

"제 말을 듣더니 과연 좋아하시네요."

무관은 또 50냥을 내주었다.

---

6.**산정散政**　근무 성적을 평가하여 1년에 2회 정기적으로 관료 인사를 시행하는 제도인 도목정사都目政事와 별도로, 그때그때의 사정에 따라 수시로 행하던 인사 발령 제도.

7.**수망首望**　관리를 임용할 때 임금에게 추천하는 세 명의 후보 중 제1순위로 올리는 것.

사내가 또 와서 아뢰었다.

"대감께 소실 하나가 있는데 절세미인이라 끔찍이 아끼시지요. 소실이 낳은 아들이 또 아주 기특하게 생겼습니다. 아기 돌이 다 가와서 잔치를 성대하게 차리려 하는데, 소실은 따로 가진 돈이 없어서 걱정이 많더군요. 50냥을 바치면 참 좋아할 텐데 어떡할 까요? 애첩이 청탁을 해 주면 일이 더욱 틀림없을 텐데요."

무관은 역시 좋은 생각이다 싶어 당장에 50냥을 주었다. 사내 가 돈을 가지고 갔다가 금세 돌아와 말했다.

"소실이 과연 몹시 기뻐하며 힘을 다해 주선하겠다고 합니다. 좋은 벼슬이 곧 내려올 테니 앉아서 기다리기만 하십시오. 그런 데 무관이 벼슬에 나아가시려면 의관을 잘 준비해 두지 않을 수 없지요. 50냥을 들여 관복을 장만해 두는 게 좋겠습니다."

"그거 정말 그래야겠구나."

무관은 사내에게 돈을 주어 의관을 마련하게 했다. 오래지 않 아 털벙거지며 비단옷이며 폭이 넓은 허리띠며 오화[8]며 황금 대 구[9]가 동시에 들어왔는데, 모두 광채가 휘황했다. 무관은 매우 기 뻐하며 자신이 제갈공명을 얻은 양 여겼다. 처음에 의심하던 하 인들도 기쁜 마음으로 좋은 벼슬이 반드시 내려오기를 바랐다.

---

8. **오화烏靴**  벼슬아치가 신는 검은 가죽신.
9. **대구帶鉤**  허리띠를 죄어 고정시키는 쇠. 버클.

무관은 옷을 갖춰 입은 뒤 당장에 명함을 들고 병조판서 댁으로 갔다. 병조판서에게 인사를 올리고, 자신의 경력과 사정을 자세히 말하며 간절히 호소했다. 판서는 고개만 끄덕일 뿐, 사정을 봐주지 못하겠다는 말도 없었지만 무관의 사정을 동정하는 말도 끝내 한마디 없었다. 무관은 판서가 사람들을 늘 그리 대하는 모양이라고 생각했다. 그러나 그 뒤로 판서 댁을 왕래하면서도 여러 무관들과 무리 지어 문안하는 신세를 면치 못했고, 자신을 돌아보며 특별히 친절하게 대해 주는 일은 일절 없었다. 관료 인사 공문公文이 나왔다는 소식을 들으면 그때마다 어렵사리 구해 보았지만 자신의 이름 비슷한 것도 찾을 수 없었다.

무관은 마음이 너무도 초조했다. 그럴수록 더욱 사내의 환심을 사려고 사내가 오기만 하면 돈을 꺼내 고기와 술을 푸짐하게 사다가 배불리 먹였다. 이렇게 하다 보니 남아 있던 돈 50냥마저 다 써 버렸다. 무관은 몹시 고민하다가 사내에게 물었다.

"네 말이 오랫동안 효험이 없는데, 이유가 뭘까?"

"대감께서 하루라도 나리를 잊으실 리 있겠습니까만, 나리보다 돈을 더 많이 낸 사람이 대감과 더 긴밀한 사이가 되고 보니 나리가 어찌 끼어들 수 있겠습니까? 하지만 그 사람들 중에 뜻을 이룬 이가 이미 많으니, 다음 산정에서는 대감께서 나리를 아무 관직에 추천하겠다고 하십니다. 그 자리는 정말 좋은 자리이니 기다려 보세요."

인사 공문이 새로 나왔지만 또 아무 소식이 없었다. 사내가 와
서 말했다.

"벼슬아치 아무개 나리와 마님이 대감께 힘껏 청해서 이번에는
분명히 자리를 얻을 수 있었어요. 그런데 갑자기 대신이 다른 사
람을 써 달라고 청탁하시자 들어주지 않을 수 없어 자리를 뺏기
고 말았습니다. 어쩌겠습니까? 하지만 머잖아 6월 도목정사[10]가
있습니다. 아무 부서의 직책이 돈이 엄청나게 생기는 자리인데,
소인이 벌써 마님이며 아무개 나리며 대감의 소실에게 아뢰어 대
감께 함께 청해 주십사 했더니 모두 흔쾌히 승낙하시더군요. 이
번에는 결코 실패하지 않을 테니 기다려 보십시오."

무관은 반신반의하면서도 감히 정중하게 대하지 않을 수 없었
지만 돈은 이미 바닥이 난 상태였다. 도목정사가 있자 주인과 하
인이 모두 일찍 일어나 소식을 기다리며 눈이 뚫어져라 먼 곳을
바라보았다. 해가 중천에 떠 한낮이 되고 한낮을 지나 저녁나절
이 되더니 해가 저물 무렵에 이르렀다. 이조吏曹와 병조의 인사 결
재가 벌써 끝났지만, 무관의 이름은 어디서도 들리지 않았고, 사
내의 모습 또한 어디서도 보이지 않았다.

무관은 크게 낙심했다. 하인들이 불평하고 따지고 한탄하고 한
숨 쉬는 소리에. 귀가 따가웠다. 무관은 자기가 상전임에도 소리

한 번 못 내고 사내가 다시 오기만을 기다렸다. 그러나 전 같으면 날마다 오던 사내가 사흘이 지나도록 오지 않는 것이었다. 무관은 그제야 덜컥 의심이 들어 묵고 있던 집 주인을 불러 물었다.

"병조판서 댁 우두머리 하인이 요사이 갑자기 오지 않는데, 왜 그런가? 자네가 친한 사이니 불러 보게."

"그 사람, 저는 모르는 사람입니다. 병조판서 댁 하인이라는 건 나리께서 잘 아시는 일 아닙니까? 소인이야 모릅지요. 자기가 판서 댁 하인이라 하고 나리께서 또 판서 댁 하인이라 하시기에 저도 판서 댁 하인이라 믿었지, 사실을 제가 어찌 알겠습니까?"

"그래도 친하게 지냈으니 그 집은 알지 않나?"

"모릅니다. 나리가 친하게 지내셨으면서 왜 그 집을 모르십니까?"

"어쩌다 보니 그럴 생각을 못했지."

그 뒤로 사내는 발길을 끊고 다시는 오지 않았다. 무관은 생각했다.

'사기꾼 하나에게 내 집 재산을 모두 날려 버려 대대로 이어 온 조상의 제사도 끊어지게 생겼고, 많은 식구들을 모두 나락에 빠뜨리고 말았다. 친척이며 이웃이며 처자식이며 하인들의 원망과 분노와 책망과 질책을 무슨 말로 이해시키겠나. 또 평생 남에게 굽히지 않고 살아온 내가 어찌 거지처럼 구차하게 살 수 있겠나.'

생각하고 또 생각해 봐도 한 번 죽는 게 속 편한 길이었다. 마침내 목숨을 버리기로 결심했다.

이튿날 아침 일찍 일어나 곧장 한강으로 달려갔다. 의관을 다 벗어 던지더니 크게 고함을 몇 번 지르고는 강물로 뛰어들었다. 물이 등과 배를 차갑게 적시니 벌벌 떨려 저도 모르게 몸이 움츠러들었다. 몇 걸음 물러나 우두커니 서서 가만히 생각했다.

'자살은 실로 어렵구나. 남에게 맞아 죽는 게 낫겠다.'

마침내 물에서 나와 멍하니 돌아왔다.

이튿날 아침, 술을 거나하게 마시고 만취해서는 비단옷을 입고, 오화烏靴를 신고, 황금 대구帶鉤에 폭이 넓은 허리띠를 띠고 8척 장신의 몸으로 늠름하게 성큼성큼 걸어서 곧장 종로鍾路로 갔다. 보는 사람마다 깜짝 놀라 무관을 신령한 사람이라 여겼다.

무관은 모여 있는 사람들 중에 건장하고 사납게 생겨서 싸움을 잘할 것처럼 보이는 자를 하나 골랐다. 당장 다가가서 그 사람을 다짜고짜 붙잡더니 몸을 날려 발차기를 해 댔다. 그 사람은 비명을 지르며 거꾸러졌다가 황급히 일어나 부리나케 달아났다. 무관은 그 뒤를 쫓았지만 잡을 수 없자 몹시 한스러워했다.

다시 사람들을 빙 둘러보니 자기에게 이길 것 같은 사람이 보였다. 앞으로 다가가 우두커니 서서 노려보는데 그 모습이 흡사 미친 사람 같았다. 무관의 눈길이 가는 곳마다 모였던 사람들이 와르르 흩어져 달아나니 거리가 텅 비어 한 사람도 없었다. 남에게 맞아 죽으려 했지만 사람들은 오히려 무관에게 맞아 죽을까 두려워하니 어찌 죽을 수 있겠는가? 해가 벌써 저물자 무관은 몹시 낙심해서 돌아왔다.

밤에 누워도 잠이 오지 않았다. 죽고자 하는 마음뿐 다른 생각이라곤 없었다. 무관은 생각했다.

'남의 집에 들어가 그 처첩을 희롱하면 분명히 맞아 죽을 수 있을 거다.'

이튿날 아침, 또 술을 마시고는 옷을 차려입고 대로를 돌아다니다가 화려한 새 집을 발견했다. 당장 들어가 중문[11]에 이르렀는데 아무도 가로막는 자가 없었다. 마침내 안채로 불쑥 들어가니 젊은 여인 한 사람이 보였다. 나이는 스무 살 남짓 되어 보였고, 꽃처럼 어여쁜 얼굴에 달처럼 아름다운 자태였다. 여인은 구름처럼 풍성한 머리를 빗고 있었는데, 무관을 보고도 별로 놀라지 않는 기색으로 물었다.

"뉘시기에 남의 집 안방에 들어오시오? 정신 나간 사람이오?"

무관은 대꾸하지 않고 곧장 마루 위로 올라가 여인의 손을 잡더니 머리를 껴안고 입을 맞췄다. 여인은 심하게 저항하지 않았고, 곁에서 꾸짖는 자도 하나 없었다. 무관은 참으로 이상한 일이다 싶어 물었다.

"남편은 어디 있소?"

<hr>

11. **중문中門** 대문 안에 또 세운 문.

"남편은 왜 물어요? 세상에 이런 일도 다 있나? 취한 미치광이와 싸우기도 딱한 일이지만, 관아에 고발하기 전에 당장 나가요."

"당신 남편 있는 곳이나 말해요! 내가 취해서 이러는 게 아니라 사정이 있어 어쩔 수 없이 이러는 거요."

"사정이라는 게 뭔데요?"

"나는 예전에 선전관을 지낸 사람인데, 사기꾼에게 속아 재산을 다 잃고 말았소. 그래서 죽기로 결심했지만 스스로 목숨을 끊을 수 없어서 남에게 맞아 죽으려고 일부러 이런 일을 거듭 벌였는데도 끝내 나를 죽여 줄 사람이 없구려. 지금 당신 남편도 없다면 죽기 어려우니, 장차 어쩌면 좋소?"

이리 말하며 무관은 혀를 끌끌 찼다. 여인은 깔깔 웃으며 말했다.

"정말 미쳤네! 세상에 이렇게 죽으려 애쓰는 사람이 있을까? 댁이 과연 무관 청직[12]을 지낸 분이라면 이런 풍채를 가지고 왜 헛되이 죽으려 하세요? 저 또한 부득이한 사정이 있어 다른 곳으로 시집가려 하는 참이었는데 문득 댁과 만났으니, 이것도 하늘이 정한 인연 아닐까요?"

무관이 그 사정이 무엇인지 묻자 여인이 말했다.

---

**12. 청직淸職** 지위는 높지 않으나 높은 명망이 있는 직책. 무신의 경우 선전관청宣傳官廳에 소속된 선전관이 이에 해당한다.

"제 남편은 역관譯官입니다. 정실부인이 있는데, 제가 예쁘다는 소문을 듣고 저를 첩으로 맞은 지가 벌써 4년이에요. 처음에는 한집에 같이 살았는데, 정실이 사납고 투기가 극심했지만, 남편은 이미 늙고 힘이 없었어요. 남편은 그 다투는 모습을 견디지 못하고 이 집을 사서 저를 옮겨 살게 했지요. 처음에는 남편이 왕래하며 먹고 자고 했었는데, 저를 사랑하는 마음이 없는 건 아니지만 아내의 투기를 두려워해서 며칠 뒤부터는 발길이 뜸해졌어요. 여종 두어 명만 이 집을 지키고 있었으니 제 신세가 과부나 다름없지요. 그러다 작년에 남편이 또 우두머리 역관으로 청나라에 사행使行을 갔다가 마침 일이 생겨서 북경北京에 체류하고 있는데, 벌써 1년이 지나도록 돌아오지 않고 소식도 묘연해서 언제 돌아올지 모르고 있어요.

독수공방하며 의지할 데 없이 지내노라니 비록 먹고 입는 데 아무 부족함이 없다 한들 세상 사는 즐거움이라곤 조금도 없군요. 봄바람이 불고 가을 달이 뜨면 서글퍼 마음 상해하며 내 처지를 가엾어하고 있습니다. 지금은 또 여종 몇 명도 단속하는 사람이 없으니 하나둘 떠나가서 늙은 여종 한 명만 남았는데, 그마저 바깥출입이 잦아서 집을 자주 비우고 있어요. 제 괴로운 사정이 이렇습니다. 인생이 얼마나 길다고 다 늙어서 상관도 안 하는 사람만 바라보고 사나운 정실의 투기를 혹독히 받으면서 여름날과 겨울밤을 빈방에서 홀로 울며 지낸답니까? 제 사정이 이러니, 사기꾼에게 속아서 죽으려 애써도 죽지 못한 사람과 무슨 차이가 있겠어요?

저는 천한 신분이라 양반과는 처지가 다르니 부질없이 말라 죽을 수 없어서 달리 방책을 찾아보려 하고 있었어요. 그러던 차에 별안간 이처럼 예기치 못한 만남이 있으니, 이건 분명 하늘이 우리 두 사람의 처지를 불쌍히 여겼기 때문일 겁니다. 저는 하늘의 뜻을 따르고 싶은데, 댁은 어찌 생각하십니까?"

무관은 여인의 말을 들으며 처음에는 측은한 마음이다가 이윽고 반가운 마음이 들었지만 더 이상 살아갈 생각이 없는 건 어쩔 수 없었다. 무관은 천천히 말했다.

"당신 말이 좋지만 나는 돌이킬 수가 없소. 나는 오직 죽는 수밖에 없소."

"장부답지 못하군요. 아무튼 오늘 우리가 만난 건 우연이 아니니 왜 좋은 방도가 없겠습니까? 자중자애하셔서 일생을 망치지 않도록 하세요."

여인은 일어나 방으로 들어가더니 술과 안주를 가지고 나와 손수 술을 따라 권했다. 무관은 여인의 미모에 반한 데다 그 말에 감동해서 여인이 권하는 대로 연거푸 잔을 들이켰다. 주흥이 자못 질탕해지자 마침내 여인의 손을 잡고 방으로 들어갔다. 방 안에는 그림 병풍과 비단 이불, 꽃무늬 자리와 수놓은 베개가 놓여 있었다. 벌이 꽃을 탐하고 나비가 꽃을 사랑하듯, 메마른 풀을 단비가 적시듯, 죽은 재가 다시 활활 타오르듯 사랑을 나누니, 두 사람의 기쁨이 어떠했을지 짐작할 만하다.

그 뒤로 무관은 그 집에 머물러 살며 죽고 사는 것을 오직 하늘의 뜻에 맡겼다. 여인 역시 남편 집과 관계를 끊고 더는 두려워하거나 꺼리는 마음 없이, 다만 좋은 옷과 맛있는 음식으로 무관을 봉양하는 데만 신경 쓰다 보니 수척했던 얼굴이 차츰 살이 붙으며 고와졌다. 무관이 밤이면 와서 묵고 낮에는 나가 노닐며 어느덧 한 달을 지내고 보니, 죽을 마음이 차츰 사라지고 즐겁게 살고 싶은 마음이 간절해졌다.

그러나 여인에 대한 소문은 감추기 어려웠다. 이윽고 역관이 귀국해 편지가 먼저 여인의 집에 도착했다. 여인은 무관과 함께 달아나자고 했지만 무관은 수치스럽게 여겨 떠나지 못하고 망설이며 결정하지 못했다. 그러는 사이 역관은 벌써 고양역高陽驛에 도착했다. 역관의 식구들이 채비를 갖춰 마중을 나가니, 역관이 아내에게 물었다.

"작은집은 왜 안 왔소?"

"작은집에겐 딴 사람이 생겼는데, 당신과 무슨 상관이겠수?"

역관이 놀라 사정을 묻자 아내가 소문을 자세히 전했다. 역관은 노기가 등등해서 술상을 밀치더니 급히 준마에 올라탔다. 예리한 칼을 손에 들고 말을 치달렸다. 첩의 집으로 들어가서 칼을 휘둘러 두 사람을 벨 생각이었다. 대문을 박차 열고 우당탕 곧장 쳐들어가 큰소리로 외쳤다.

"어떤 도적놈이 내 방에 들어와 내 첩을 훔쳤느냐? 빨리 나와 내 칼을 받아라!"

문득 한 사람이 방문을 열고 나와 섰다. 의관이 휘황찬란하고 용모가 신선 같았다. 사내는 옷깃을 풀어 젖혀 가슴을 드러내더니 편안히 웃으며 말했다.

"내가 오늘 진짜 죽을 곳을 얻었구나. 어서 내 가슴을 찔러라!"

평화로운 얼굴에 동요하는 빛이 전혀 없어 보였다. 역관이 얼굴을 들어 보고는 저도 모르게 겁이 덜컥 났다. 마치 후경이 양나라 무제를 만난 것처럼,[13] 기가 꺾이고 입이 떡 벌어지더니 물러서서 바보처럼 한마디 말도 못한 채 몇 번 한숨을 쉬며 혀를 끌끌 찰 따름이었다. 역관은 문득 칼을 내팽개치며 말했다.

"집과 첩과 재산 모두 당신 마음대로 하시오."

역관은 망연자실 나가며 감히 뒤도 돌아보지 못했다.

여인은 그때 벽 뒤에 숨어서 그 광경을 엿보다가 나와서 말했다.

"저 못난 인간이 무슨 일을 할 수 있겠어요? 어서 떠나요."

여인은 다락으로 뛰어올라가서 상자 하나를 꺼내 왔다. 상자 안에는 최상품 은화 300냥이 들어 있었다. 여인은 말했다.

---

13. **후경侯景이 양梁나라 무제武帝를 만난 것처럼**　후경은 양나라 무제의 신하였는데, 반란을 일으켜 양나라 수도를 점령한 뒤 무제와 대면했으나 감히 바로 보지 못하고 땀을 뻘뻘 흘렸다고 한다.

"제 아버지도 부자세요. 제가 시집올 때 아버지가 이 돈을 주셨는데, 저는 깊이 감춰 두고 비밀로 해서 남편도 모르고 있었어요. 아버지가 돌아가신 지 오래라 같이 살아갈 사람도 없어요. 이제 다행히 당신을 만났으니, 이 돈을 밑천으로 삼으면 되겠어요."

또 바구니 하나를 꺼내 왔는데, 열어 보니 금은보화며 머리 장식과 온갖 패물이며 수놓은 비단옷이 들어 있었다.

"이것도 수백 냥은 되니 잘 운용하기만 하면 무슨 재산 근심이 있겠습니까? 어서 하인에게 분부해서 말에 싣도록 하세요."

이튿날 새벽, 무관은 마침내 하인 두 명에게 분부하여 두 마리 말에 짐을 가득 싣게 한 뒤 여인을 말에 태우고 자신은 그 뒤를 따라 봉산으로 말을 달려 돌아갔다. 역관은 뒤쫓지 못했고, 역관의 아내는 첩이 떠난 것을 다행으로 여겨서 관아에 고발해 첩을 붙잡아 오는 일을 못하게 했다.

무관은 여인의 돈으로 예전에 팔았던 땅을 모두 다시 사고 재산을 잘 운용해서 몇 년 만에 부자가 되었다. 다시 서울로 올라가 벼슬을 구했는데, 지난날의 실패를 거울삼아 이번에는 주도면밀하게 일을 추진해서 결국 좋은 벼슬을 받았다. 몇 차례 직책을 옮기며 거듭 승진하여 큰 진영[14]을 맡고, 마침내 절도사[15]가 되기에

---

14. **진영鎭營**　지방의 군사 요충지에 설치한 군영軍營.
15. **절도사節度使**　병마절도사兵馬節度使와 수군절도사水軍節度使의 총칭. 종2품 혹은 정3품의 무직武職이다.

이르렀다. 여인은 무관과 해로하며 함께 큰 복록을 누렸다. 사람들은 무관이 남에게 베풀기를 좋아하고 사람을 잘 믿었기에 그런 결과에 이르렀다며, 하늘의 도리는 밝고도 밝아 정말 틀림없다고 여겼다.

　평한다.

　"새 남편을 얻는 것은 여성의 추악한 행실이요, 남의 첩을 빼앗는 것은 선비의 사악한 행실이므로 군자는 이런 일을 입에 올리지 않는다. 그러나 이 두 사람은 모두 지극히 원통하고 궁박한 형편에 처한 결과 우연히 이런 일이 있게 되었다. 천첩을 허물할 것도 없고 무인을 꾸짖을 일도 아니다. 그러나 심덕이 있는 사람은 악하지 않아 마침내 보답을 받아 잘못되지 않음이 자연의 이치이니, 이 점은 취할 만하다.

신돈복

염시도廉時道는 서리胥吏로, 서울 수진방[1]에 살았다. 성품이 신실하고 청렴해서 정승 허적[2]의 겸인[3]이 되었는데, 허정승은 염시도를 몹시 총애하며 신임했다.

어느 날 허정승이 염시도에게 말했다.

"내일 새벽에 심부름 갈 곳이 있으니 꼭 일찍 와야 해."

그날 밤 염시도는 무리들과 술 마시며 노름을 하다가 잠이 너무 깊이 들어 날이 밝는 줄도 몰랐다. 부리나케 일어나 달려서 제용감[4]을 지나 올빼미고개[5]에 이르렀는데, 길가 빈터에 고목이 한

<hr>

1. **수진방壽進坊** 지금의 서울시 종로구 수송동·청진동 일대.
2. **허적許積** 생몰년 1610~1680년. 영의정을 지냈으며, 남인南人의 영수로서 서인西人의 영수 송시열 宋時烈과 대립했던 인물.
3. **겸인傔人** 청지기. 대개 양인良人 신분이었고, 서리胥吏로 진출하기도 했다.
4. **제용감濟用監** 왕실에 필요한 의복이나 각종 직물 및 인삼 등의 식품을 관장하던 관서. 지금의 서울 시 종로구 수송동 일대에 있었다.
5. **올빼미고개** 수송동 일대에 있던 고개로 추정된다.

그루 서 있고 그 아래 무성한 풀 사이로 푸른 보따리가 얼핏 보였
다. 가까이 가서 보니 보따리를 꽁꽁 싸매 놓았는데 들어 보니 꽤
무게가 나갔다. 소매 안에 넣고 사동[6] 허정승 집으로 달려가서 늦
게 온 것을 사죄하니, 허정승이 말했다.

"먼저 온 아전을 벌써 보냈으니 사죄할 것 없다."

염시도는 물러나 수청방[7]으로 가서 보따리를 열어 보았다. 겹
겹이 싼 보자기 안에 은화 213냥이 들어 있었다. 염시도는 생각
했다.

'이건 큰 돈이다. 주인이 이 돈을 잃고 크게 당황하고 걱정할
텐데, 내가 몰래 가져서야 되겠는가? 게다가 아무 까닭 없이 횡
재하는 건 서민이라 해도 좋은 조짐이 아니지. 내 집에 가져가선
안 되겠고, 상공[8]께 바치는 게 좋겠어.'

마침내 은화를 가지고 허정승에게 가서 사정을 알리고 받아 달
라고 청했다. 그러자 허정승이 말했다.

"네가 얻은 돈이 나와 무슨 상관이냐? 또 네가 갖지 않겠다는
걸 내가 왜 갖겠느냐?"

염시도는 부끄러워하며 물러나왔다.

잠시 후에 허정승이 염시도를 불러 말했다.

---

6. **사동社洞**  지금의 서울시 종로구 사직동 사직공원社稷公園 앞 일대.
7. **수청방守廳房**  청지기가 거처하던 방.
8. **상공相公**  재상을 높여 부르던 말.

"며칠 전 병조판서 집에 있는 은화 200냥 값어치 되는 말[馬]을 광성부원군[9] 집에서 사려고 한다는 얘기를 들었는데, 혹시 그 돈이 아닐까? 네가 한번 가서 물어보렴."

병조판서는 바로 청성부원군 김석주[10]였다. 염시도는 허정승의 말에 따라 이튿날 김석주의 집에 가서 인사를 올렸다. 김석주가 염시도에게 무슨 일로 왔느냐 묻자 염시도가 말했다.

"찾아뵙지 못한 지가 오래되어 그저 문안 인사를 드리러 왔습니다."

그러고는 염시도가 또 말했다.

"귀댁에 혹시 잃으신 물건이 있습니까?"

"없을 텐데."

김석주는 급히 마루 아래에 있는 하인을 불러 말했다.

"아무개가 말을 가져간 지 벌써 이틀이 됐는데, 왜 아직까지 보고가 없느냐?"

하인이 말했다.

"아무개가 죄를 지었다면서 감히 나와 뵙지 못하고 있습니다."

9. **광성부원군光城府院君** 숙종肅宗의 장인 김만기金萬基(1633~1687)의 봉호封號. 「구운몽」의 작자 서포西浦 김만중金萬重의 형으로, 병조판서·대제학을 지냈다.
10. **청성부원군淸城府院君 김석주金錫胄** 생몰년 1634~1684년. 김육金堉의 손자로, 한때 남인 허적許積 등과 결탁해 송시열을 공격하기도 했으나, 곧 서인의 핵심 인물이 되어 남인을 실각시키는 데 큰 역할을 했다. 도승지·이조판서·우의정을 지냈고, 남인의 역모를 막는 공로를 세웠다 해서 '청성부원군'에 봉해졌다.

김석주는 화가 나서 말했다.

"이 무슨 소리냐? 어서 잡아들여라!"

하인이 하인 아무개를 잡아 왔다. 아무개는 뜰에 꿇어앉아 절하며 말했다.

"소인이 만 번 죽어도 용서받기 어려운 죄를 지었습니다."

김석주가 이유를 묻자 하인이 대답했다.

"소인이 재동[11] 광성부원군 댁에 가서 말 값을 받고는 그만 잃어버렸습니다."

김석주는 몹시 화가 나서 말했다.

"종놈이 이런 속임수를 쓰다니! 네가 농간을 부려 돈을 숨겨 놓고 와서 나를 속이느냐?"

김석주는 얼른 큰 몽둥이를 가져오라며 하인을 때려죽일 기세였다. 그러자 염시도는 잠깐 벌주는 일을 멈추고 은화를 잃어버린 경위를 진술하게 할 것을 청했다. 김석주가 그렇다 싶어 다시 캐묻자 하인이 말했다.

"처음에 말을 끌고 광성부원군 댁에 갔더니, 상공께서는 그 댁 하인더러 말을 타고 돌며 빨리 달려 보게 하시고는 '과연 훌륭한 준마로구나!' 하셨습니다. 또 말이 살집이 좋고 윤기 나는 모습을 칭찬하며 말씀하셨습니다.

---

11. **재동齋洞** 지금의 서울시 종로구 재동 일대.

‘이 말을 네가 길렀느냐?’

그래서 ‘그렇습니다’ 대답하니 상공께서 감탄하며 말씀하셨습니다.

‘하인 중에 이처럼 충직하고 성실한 자가 있다니 참으로 칭찬할 만하다.’

그러시고는 저를 가까이 불러 ‘술을 마시느냐?’ 물으시기에 ‘마십니다’ 했습지요. 그러자 상공께서 큰 사발에다 독한 홍로주[12]를 가져오게 해서 연거푸 석 잔을 내리시고는 은화 200냥을 말 값으로 주시고 거기다 13냥을 더 얹어 주시며 ‘이건 네가 말을 잘 기른 상이다’라고 하셨습니다.

쉰네가 인사하고 나오니 날이 벌써 저물었습니다. 몹시 취해서 제대로 걷지 못하다가 얼마 못 가서 어딘지도 모르는 길가에 쓰러져 드러누웠습니다. 밤이 되어 조금 술이 깨었는데 문득 종소리[13]가 들렸습니다. 억지로 몸을 일으켜 돌아오는데, 은화를 싼 보따리를 어디에 떨어뜨렸는지 도무지 알 수 없었습니다. 이처럼 큰 죄를 지었으니 죽어 마땅하다는 걸 알기에 주저하며 감히 뵙지 못하고 있었습니다.”

염시도는 그제야 자신이 은화를 주워 김석주의 집을 방문하게

<hr>

12. **홍로주紅露酒**  소주에 약재를 넣어 우린 술 이름.
13. **종소리**  2경(밤 10시 무렵)에 통금을 알리던 인정종人定鐘 소리를 말한다.

된 경위를 밝히고, 즉시 은화를 돌려주었다. 봉인한 것이며 은화의 액수가 과연 잃어버렸던 것과 꼭 같았다. 김석주는 매우 감탄하고 기특하게 여겨 말했다.

"자네는 요즘 세상 사람이 아니군. 하지만 이 돈은 이미 잃어버렸던 것이니 절반은 자네에게 상으로 주겠네. 사양 말게."

염시도는 말했다.

"만약에 소인이 재물을 탐하는 마음이 있어서 그냥 제가 갖기로 하고 남에게 말하지 않았다면 그 일을 누가 알았겠습니까? 제 물건이 아닌 걸 가졌다가 혹시 저에게 해가 올까 싶어서 돌려드리는 건데 무슨 상을 받는단 말입니까?"

김석주는 저도 모르게 깜짝 놀라 정색을 하더니 상금을 준다는 말을 더는 하지 않았다. 김석주는 거듭 감탄하다가 술을 내오게 해서 염시도에게 감사의 뜻을 표했다. 돈을 잃어버렸던 하인은 즉시 죄를 용서받고 풀려났다.

염시도가 인사하고 나오는데 어린 소녀 하나가 뒤에서 급히 염시도를 불렀다.

"잠깐만요!"

염시도가 돌아보고 이유를 묻자 소녀가 말했다.

"아까 돈을 잃어버린 이가 제 오라버니예요. 저는 오라버니의 힘으로 살아가고 있는데, 지금 어르신 덕분에 목숨을 구했으니 이 은혜를 어찌 갚아야 할까요? 제가 안채에 들어가 사정을 말씀

드렸더니 마님께서 몹시 감탄하시면서 술상을 내리셨어요. 잠깐 머물러 주세요.”

소녀는 즉시 행랑에 자리를 펴고, 들어가서 진수성찬과 좋은 술이 차려진 큰 소반을 들고 왔다. 염시도는 배불리 취토록 먹고 돌아왔다.

경신년(1680)[14]에 허정승이 죄를 입어 사사賜死당했다. 염시도는 뛰어들어가 주인이 받은 사약을 나누어 마시려 했다. 그러자 도사[15]는 염시도를 끌어내 밖으로 내쫓았다. 허정승이 죽자 염시도는 미친 듯이 날뛰며 울부짖었다. 세상 살아갈 생각이라곤 조금도 없었다.

그리하여 염시도는 집을 나와 방랑하며 산수 간에 노닐었다. 강릉에 사는 친척 형이 있어서 찾아가 보니 이미 승려가 되어 행방을 알 수 없었다. 이윽고 금강산으로 가서 표훈사[16]에 이르렀다. 염시도는 표훈사 승려에게 물었다.

“제가 불문佛門에 의탁하고자 합니다. 고승高僧을 스승으로 삼아야 할 텐데, 어느 분이 좋을까요?”

---

14. **경신년**  숙종 6년인 이해에 이른바 경신대출척庚申大黜陟으로 남인南人이 조정에서 쫓겨나고 서인西人이 정권을 차지했다. 당시 김석주와 김만기는 허적許積의 서자 허견許堅이 역모를 꾀했다고 공격했고, 이 사건에 연루되어 허적은 억울하게 목숨을 잃었다.

15. **도사都事**  의금부義禁府 도사. 의금부는 왕명을 받들어 조정의 큰 옥사獄事나 대형 사건을 추국推鞫하던 관청.

16. **표훈사表訓寺**  금강산에 있는 절 이름.

승려들은 한결같이 말했다.

"묘길상[17] 뒤 외딴 암자에 계신 스님이 바로 생불生佛이세요."

염시도가 암자를 찾아가 보니 과연 승려 한 사람이 가부좌를 틀고 참선 중이었다. 염시도는 앞으로 나아가 엎드리더니 정성스러운 마음으로 받들어 섬기겠다는 뜻을 자세히 말하며 머리 깎고 승려가 되게 해 달라고 청했다. 염시도의 말이 몹시 간절했지만 승려는 들은 체 만 체했다. 염시도가 엎드린 채 일어나지 않고 있는데, 이미 날이 저물었다. 승려가 문득 말했다.

"시렁 위에 쌀이 있는데 왜 밥을 안 짓나!"

일어나서 보니 과연 쌀이 있어서 승려의 분부대로 밥을 지었다. 밤에도 승려 앞에 엎드려 있다가 아침이 되니 승려가 또 밥을 지으라고 말했다.

이렇게 대엿새가 지났지만 승려는 끝내 다른 말을 하지 않았다. 염시도는 마음이 조금 느슨해져서 암자 밖을 서성였다. 암자 뒤에 작은 초가집 하나가 보이기에 들어가 보니 처녀 한 사람이 있었다. 나이는 열여섯 정도에 얼굴이 매우 아름다웠다. 염시도는 사랑하는 마음을 참지 못하고 갑자기 다가가 껴안고는 처녀를 범하려 했다. 처녀는 품에서 작은 칼을 꺼내 자결하려 했다. 염시도는 깜짝 놀라 하던 짓을 멈추고 처녀의 내력을 물었다. 처녀는

17.**묘길상** 妙吉祥  금강산 만폭동에 있는 마애불.

말했다.

"저는 본래 동구 밖 마을에 살아요. 오라버니가 이 산으로 출가했는데, 그 스승이 바로 이 암자의 스님이세요. 어머니는 스님을 신령스러운 분이라 여기셔서 제 운명을 물으셨는데, 스님이 이렇게 말씀하셨어요.

'사오 년 동안 따님에게 큰 액운이 있을 겁니다. 속세를 완전히 떠나 이 암자에 와서 지내면 액운을 넘기고 좋은 인연을 얻을 겁니다.'

어머니는 그 말을 믿고 여기에 초가집을 지어 저와 함께 살며 몇 년을 보낼 계획을 세우셨지요. 지금 어머니가 잠깐 본가에 가셨는데 별안간 이런 일을 당해 죽을 지경에 놓였으니, 이 어찌 큰 액운이 아니겠습니까? 부모의 분부가 없었으니 죽었으면 죽었지 어찌 더럽힘을 당하겠어요? 그렇긴 하지만 이 일도 우연은 아닐 것이니, 신령한 스님께서 좋은 인연을 얻을 거라고 하신 말씀이 이 일인가 봅니다. 남녀가 벌써 몸이 맞닿았으니 제가 어찌 다른 곳으로 시집가겠습니까? 당신을 따르기로 맹세하겠어요. 다만 어머니가 돌아오시는 걸 기다려 떳떳이 혼인하는 게 좋겠어요."

염시도는 처녀의 말을 신기하게 여기고 그 말을 따랐다. 작별하고 암자로 돌아왔는데, 승려는 여전히 아무 말도 하지 않았다.

그날 밤 염시도는 마음이 통 진정되지 않았다. 오직 처녀 생각으로 가득해서 불도佛道를 배울 생각은 조금도 없었고, 다음 날 아침 처녀 어머니의 허락을 받는 일만 기다려질 뿐이었다.

아침에 일어나니 승려가 문득 일어서서 호되게 꾸짖었다.

"뭐 이런 괴상한 놈이 이렇게 나를 괴롭히는지 몰라! 네놈을 죽여야겠다!"

승려가 육환장[18]을 힘껏 내리치려 하자, 염시도는 낭패하여 달아나서 암자 밖에 우두커니 서 있었다. 한참 뒤에 승려가 부르기에 가까이 가니 승려기 따뜻한 말로 타일렀다.

"네 상相을 보니 너는 출가할 사람이 아니다. 암자 뒤에 사는 처녀는 훗날 반드시 네 아내가 될 테니, 너는 조금도 지체하지 말고 이 길로 곧장 떠나거라. 조금 놀랄 만한 일이 있겠지만 그 일로부터 네 복록이 시작될 거야."

그러고는 '이성득전以姓得全[19] 작교가연鵲橋佳緣[20]' 여덟 글자를 써 주었다.

염시도는 눈물을 흘리며 작별하고 나왔다. 표훈사에 이르러 자리에 앉은 지 얼마 안 되었는데, 문득 범죄자를 체포하는 장교들이 들이닥쳤다. 장교들은 염시도를 결박하고 머리에 자루를 뒤집

---

18. **육환장六環杖**  석장錫杖. 승려가 가지고 다니는 지팡이. 윗부분은 탑 모양인데, 작은 고리 여섯 개를 달아 소리가 나게 되어 있다.
19. **이성득전以姓得全**  성씨로 온전함을 얻는다. 염시도의 성姓은 '염'廉이니, '염' 곧 청렴함으로 인해 목숨을 보전한다는 예언.
20. **작교가연鵲橋佳緣**  오작교烏鵲橋에서 좋은 인연을 맺는다. 암자 뒤의 초가에서 만난 처녀와 칠석날(7월 7일)에 재회하여 부부가 되리라는 예언.

어찌운 뒤 말에 싣고 급히 떠났다. 며칠 안 되어 서울에 이르러서는 삼목[21]을 채워 옥에 가두었다. 이때 허정승의 옥사에 연좌된 사람이 많았는데 추가로 가까운 겸인들을 체포했다. 죄인들의 진술 내용 중에 염시도가 들어 있었기 때문이다.

의금부에서 국문鞫問을 벌이는데, 청성부원군 김석주가 여러 재상들과 나란히 앉아 옥사를 다스리고 있었다. 의금부 나졸들이 염시도를 끌고 들어왔는데, 이때 신문 받는 자가 많아서 청성부원군은 붙잡혀 온 죄인이 염시도인지 알아차리지 못했다. 염시도는 평문[22]을 한 차례 받은 뒤 다시 옥에 갇혔다. 마침 청성부원군 집에서 의금부로 음식을 나르던 여종이 바로 돈을 잃어버렸던 하인의 동생이었다. 여종은 염시도가 귀신 같은 몰골로 칼을 쓰고 있는 모습을 보고 깜짝 놀라서 돌아가 부인에게 알렸다. 부인은 몹시 불쌍히 여기며 청성부원군에게 편지를 보내 사정을 알렸다. 청성부원군은 그제야 깨닫고 당장 염시도를 불러들이라 명했다. 따져 물어도 별다른 혐의가 없자 이렇게 말했다.

"이 사람은 본래 의로운 사람이다. 이 사람의 마음 씀씀이를 내가 잘 알고 있거늘, 어찌 역모를 함께 꾸몄겠는가?"

즉시 석방하도록 명했다.

---

21.**삼목**三木  죄인의 목과 손과 발에 채우던 세 형구刑具. 곧, 칼과 수갑과 차꼬를 이른다.
22.**평문**平問  형구를 사용하지 않고 죄인을 신문하는 일.

염시도가 의금부 문을 나서 보니, 돈을 잃어버렸던 하인이 깨끗한 새 옷을 들고 와서 기다리고 있었다. 마침내 하인은 염시도를 자기 집으로 데려가 극진히 대접하고 장사 밑천과 말을 주며 행상을 해 보게 했다. 염시도는 헌 옷으로 갈아입고, 허정승의 생질甥姪 신후재[23]가 상주 목사[24]가 되었다는 소식을 듣고 인사하러 상주로 갔다.

때는 마침 7월 7일, 견우와 직녀의 만남을 위해 까마귀와 까치가 오작교를 만든다는 바로 그날이었다. 상주 땅으로 들어가니 날이 이미 저물었다. 그때 갑자기 말이 저 혼자 질풍처럼 내달리더니 외진 길로 접어들어 한 시골집에 들어갔다. 염시도가 뒤처져서 따라 들어가니 말은 벌써 마구간에 묶여 있고, 한 여인이 뜰에서 실을 잣고 있다가 집 안으로 피해 들어가는 것이 보였다. 염시도가 말고삐를 풀려 하는데, 안에서 노파가 나와 말했다.

"왜 고삐를 풀려 하시오? 말이 갈 곳을 알고 온 건데."

염시도는 멍하니 그 뜻을 알아차릴 수 없어서 절하고 물었다.

---

23. **신후재申厚載** 생몰년 1636~1699년. 호는 규정葵亭 혹은 서암恕庵. 현종·숙종 때의 문신으로 강원도 관찰사에 이어 좌부승지左副承旨를 지내다가 경신대출척으로 삭직되었고, 1689년 기사환국己巳換局으로 남인이 다시 집권하자 도승지·한성판윤을 지냈으며, 1694년 갑술옥사가 일어나 소론이 집권하고 남인이 축출되면서 유배형을 받았다.

24. **상주 목사尙州牧使** '상주'는 경상도의 지명으로, 관찰사 감영이 있던 곳이다. 1680년 당시 신후재가 상주 목사(정3품 관직)를 지냈다는 일은 사실과 다른 듯하다. 신후재는 경신대출척 때 좌부승지를 지내다가 삭직당했다.

"전에 인사드린 적이 없는데 주인아주머니 말씀이 무슨 뜻인지 모르겠습니다. 말이 갈 곳을 알고 왔다는 게 무슨 말씀입니까?"

노파가 염시도를 자리에 앉히고 말했다.

"내가 말해 주지요."

그때 문득 방 안에서 오열하는 소리가 들렸다. 그러자 노파가 말했다.

"왜 우니? 너무 기뻐서 그러는 거니?"

염시도가 더욱 의심스러워 무슨 이유인지 급히 묻자 노파가 말했다.

"혹시 아무 해에 금강산 작은 암자 뒤에서 한 처녀를 만나지 않았소?"

"만났지요."

"그 아이가 내 딸이라우. 지금 울고 있는 애가 바로 그 아이고. 암자의 스님이 누군지 아시우? 그분은 바로 그대의 강릉 친척 형이라우. 신령스러운 스님이시라 세상 모든 일을 꿰뚫어 보시고 미래의 일을 아시는데 조금도 틀림이 없다우. 스님은 내 딸을 두고 이런 말씀을 하셨소.

'따님은 내 친척 아우 염 아무개와 인연이 있습니다. 앞으로 몇 년 동안 큰 액운이 있는데, 내게 와서 의탁하며 액운을 보내면 혼인이 이루어질 겁니다. 하지만 아직 함께 살아서는 안 됩니다. 함께 살 곳은 영남 상주 땅이고, 만날 날은 아무 해 아무 달 아무 날

입니다.'

나는 그래서 딸을 데리고 스님에게 가서 액운을 보내려 했다우. 그랬더니 과연 그대가 왔소. 그때 마침 내가 나가 있어서 만나지는 못했지만. 그 뒤로 스님은 암자를 버리고 떠나셨는데, 어디로 가셨는지 알 수 없소. 내 아들이 이곳의 절로 오게 돼서 나도 따라왔는데, 스님이 말씀하신 날이 바로 오늘이기에 나는 그대가 반드시 올 줄 알고 있었다우."

노파는 딸을 불러 나오라고 했다. 한참 뒤에 딸이 나오는데, 과연 금강산에서 만난 그 처녀였다. 얼굴이 더 통통하고 아름다워져 있었다. 염시도는 저도 모르게 비감해졌다. 여인은 슬픔과 기쁨이 동시에 밀려와 눈물만 흘리고 있었다.

이윽고 저녁밥을 내오는데 진수성찬이 가득했다. 모두 미리 준비해 둔 음식이었다. 이날 밤에 마침내 혼인하니, 승려가 말했던 여덟 글자 예언이 모두 들어맞았다.

염시도는 며칠 더 머물다 상주 목사를 찾아가서 자신이 겪은 일의 전말을 이야기했다. 상주 목사는 매우 신기해하며 많은 선물을 주었다.

이때 염시도의 전처는 죽은 지 오래였고, 집은 친척에게 맡겨 관리하고 있었다. 염시도는 마침내 여인과 어머니를 데리고 서울로 돌아가 옛집에서 다시 살았다.

염시도의 명성은 벼슬아치들 사이에 퍼졌고, 청성부원군이 각별히 돌봐 주어 집이 자못 부유해졌다. 그리하여 사람들은 모두 염시도를 '염의사'廉義士라고 불렀다. 염시도는 아내와 함께 복을 누리며 장수하다가 80여 세에 죽었다. 지금 그 자손들은 여전히 안국동[25]에 산다.

# 치산을 해 허생이 부를 이루다

노명흠

옛날 여주驪州에 허씨 성을 쓰는 양반이 살았는데, 어질고 착했지만 몹시 가난했다. 그 집에는 아들 셋이 있었다. 허씨는 세 아들에게 선비의 학업을 열심히 닦게 하고, 자신은 사방의 친지들에게 두루 구걸하여 글공부하는 자식들을 간신히 먹여 살렸다. 허씨는 어질고 착했기에 사람들이 모두 그를 좋아해서 구걸에 응해 주었다.

그러다가 늙은 허씨 내외가 함께 세상을 떴다. 삼년상을 치르는 동안 마을에서 돌봐 주고 도와주는 것이 자못 많았다. 삼년상을 마친 뒤 둘째 아들 허공許珙이 형과 아우에게 말했다.

"지금까지 우리가 굶어 죽지 않은 건 모두 부모님이 동네 사람들에게 인심을 얻으셨기 때문이오. 이제 삼년상을 다 치렀으니 부모님 은덕에 더 기댈 수도 없는 노릇인데, 지금처럼 급박한 형세로는 필시 다 함께 죽을 지경에 이르고 말 거요. 각자 살아갈 방도를 생각해 봅시다."

형과 아우가 입을 모아 말했다.

"하던 대로 글공부를 업으로 삼는 것 말고 새로운 방도라곤 전혀 없지."

허공이 말했다.

"각자 자기 뜻대로 할 일이지 내가 다른 방도를 권할 수는 없지요. 하지만 세 사람이 모두 글공부 한 가지에만 매달렸다가는 굶주림과 추위에 모두 죽고 말 게 틀림없소. 나는 우선 10년을 기한으로 삼아 목숨을 걸고 재산을 모아 온 집안을 구해 보려고 해요. 오늘부터 살림을 그만두고 형과 아우는 절에 가서 공부하며 승려들에게 얻어먹어야겠어요. 그리고 형수님과 제수씨는 오래도록 친정으로 돌려보내지 않을 수 없어요. 부모님이 물려주신 거라곤 보리밭 세 마지기[1]와 집터와 어린 여종 하나뿐이니, 의당 종가宗家의 재산이지만 형님이 이제 살림을 그만두기로 했으니 임시로 내가 빌려 쓰는 게 좋겠어요."

이날 형제 내외가 눈물을 흘리며 헤어졌다. 허공은 그날로 아내의 장신구를 팔아서 6~7냥을 마련했다. 마침 목화가 풍년이었다. 허공은 미역을 사서 등에 지고 부모가 평소에 왕래하던 집을 하나하나 찾아다니며 만나는 사람마다 미역을 꺼내 놓고는 체면

---

1. **마지기** 논밭 넓이의 단위. 밭 1마지기는 약 100평이고, 논 1마지기는 150평 내지 300평가량으로, 지방에 따라 다르다.

불고하고 무명으로 바꿔 달라며 매달렸다. 예전부터 알고 지내던 사람들은 옛정을 생각하며 그 가난을 안타까이 여겨 모두들 넉넉히 도와주었다. 무명을 모아 놓고 보니 품질이 좋고 나쁜 것을 다 합해 수백 근은 넉넉히 되었다.

허공은 이 무명으로 강원도 영동 지방의 귀리 10여 섬을 사서 10년 동안 귀리죽만 먹기로 굳게 맹세했다. 여종에게는 죽 한 그릇을 다 주고, 허공 부부는 죽 한 그릇을 반씩 나눠 먹었다. 허공은 여종에게 말했다.

"굶주림을 참기 어렵거든 너 가고 싶은 곳으로 가거라."

여종은 울며 말했다.

"상전께서 목숨을 걸고 재산을 모아 보겠다 하시는데, 제가 어찌 굶주림이 싫다 해서 상전을 버리고 떠나겠어요?"

허공은 마침내 선비의 옷차림을 벗어 던지고 적삼 하나에 잠방이 하나로 간신히 몸을 가리고는 밤낮으로 길쌈을 돕기도 하고, 자리를 엮기도 하고, 도롱이[2]를 엮기도 하며 부지런히 세월을 보냈다. 친지간 중에 찾아오는 이가 있으면 울타리 밖에 앉혀 두고 자기는 방 안에 앉은 채 멀리서 이렇게 말할 뿐이었다.

"지금 제가 사람으로서 마땅히 갖추어야 할 예의를 차리지 않는다고 꾸짖지 마시고 그냥 밖에서 돌아가 주셨으면 합니다."

---

2.**도롱이** 짚으로 엮어 허리나 어깨에 걸쳐 두르는 비옷.

1년 동안 길쌈한 것을 판 돈이 벌써 수백 냥이나 모였다. 문 앞에 마침 서울 사람의 논 10마지기와 밭 1일경[3]이 매물로 나와 있었다. 허공은 그 논밭을 샀다. 처음에는 사람을 사서 경작시키려 했지만, 품삯이 들 뿐 아니라 자기만큼 온 힘을 다해 일하지 않으리라는 생각이 들었다. 허공은 소와 보습[4]을 갖추어 직접 논밭으로 들어갔다. 늙은 농부를 모셔 와 잘 대접하고는 둑 위에 앉혀 놓고 농사일을 배웠다.

허공은 밭이고 논이고 반드시 열 번을 갈았고 땅을 매우 깊게 파서 흙을 일으켰으니, 다른 농부들이 하는 일에 비할 바가 아니었다. 밭에는 담배를 심으려고 재를 두텁게 덮은 뒤 이랑 위에 무수히 많은 구멍을 뚫어 놓고 비가 내리기를 기다렸다. 혹시 가뭄을 만나 담배 모종이 자라지 못할까 싶어 이른 봄에 담배 모판을 덮는 기다란 시렁을 만들고 그 아래에 담배씨를 뿌린 뒤 물을 자주 주었다.

그해에 마침 큰 가뭄이 들어 다른 곳의 담배 모종은 다 죽어 버렸지만 허공이 심은 것은 유독 잘되었다. 비가 오자 허공은 담배 모종을 즉시 옮겨 심었고, 며칠 지나지 않아 담뱃잎이 파초처럼 무성하게 자라 땅을 덮었다.

---

3. **1일경日耕**  하루갈이 땅. 소 한 마리가 하룻낮 동안 갈 수 있는 논밭의 넓이로, 1천 평가량 되는 면적.
4. **보습**  땅을 갈아 흙덩이를 일으키는 데 쓰는 농기구.

담뱃잎에서 진액이 나오기도 전에 경강⁵의 담배 상인들이 밭떼기로 사겠다며 200꿰미⁶를 가져왔다. 담배 상인들은 즉시 담뱃잎을 모래사장 위에 내다 말려서 가져갔다. 그러고는 그 뒤에 또 100냥을 가져와 담뱃순⁷을 사 갔다. 논 10마지기에서 나온 곡식 또한 100섬에 이르렀다.

이로부터 집의 재산이 달마다 곱절이 되고, 해마다 다섯 곱으로 늘어 재산이 날로 불어만 갔다. 오륙 년이 되지 않아 창고에는 노적이 가득하고, 소유한 논밭이 큰길가로 죽 이어지니, 10리 안에 사는 백성들 중에 허공 집의 도움을 받지 않는 이가 없었다. 사방의 소작농들이 매번 술과 안주와 생선과 고기를 가지고 와서 선물로 주니, 밥상 위에 좋은 음식이 언제나 늘어지게 차려졌다. 그러나 허공의 집에서는 끼니마다 먹는 귀리죽 반 그릇을 조금도 늘리지 않았다.

8년이 지났다. 형과 아우는 산사에 있으면서 자기 집이 엄청난 부자가 되었다는 소식을 날마다 듣고는 산을 내려와 구경하기로 했다. 집에 와 보니 허공 내외가 반가이 맞이했다. 허공의 아내는 이웃에서 선물받은 술과 고기를 내어 대접했다. 저녁밥 먹을 시간이 되자 밥 세 그릇을 차려 냈다. 8년 만에 처음 집으로 돌아온

---

5. **경강京江**  뚝섬에서 양화도楊花渡(양화나루)에 이르는 한강 일대.

6. **200꿰미**  200냥.

7. **담뱃순**  담배 잎사귀를 따낸 뒤 돋는 새 눈. 담배의 순을 따서 말린 담배를 '순담배'라 한다.

아주버니와 시동생에게 그대로 귀리죽을 낼 수는 없는 노릇이었기 때문이다. 그러나 허공은 밥을 보고 발끈 성을 내며 눈을 부릅뜨고 꾸짖더니 밥 한 그릇을 끓여 죽 두 그릇으로 만들어 오라고 했다. 형이 노하여 꾸짖었다.

"너는 쌀이 몇 천 섬이나 되는지 모를 정도로 큰 부자가 되었다. 그러면서 8년 만에 다시 만난 형제에게 이미 올린 밥을 물리고 다시 죽 한 그릇을 올리게 하다니, 이 어찌 사람의 도리라 하겠느냐!"

허공이 말했다.

"제가 꼭 지켜야 할 일이 있는데 아직 그 기한이 다 차지 않았어요. 형님이 아무리 화를 내신들 저는 털 하나 꿈쩍 안 할 겁니다."

형과 아우가 노여움을 품고 산으로 돌아갔다.

이듬해 형과 아우가 소과[8]에 나란히 합격했다. 둘째는 유가[9]에 드는 비용을 준비해서 직접 서울로 올라갔다가 함께 고향 집으로 돌아와 축하연을 베풀었다.

허공은 이튿날 광대들을 불러들여 말했다.

"우리 형님과 아우가 집도 없이 산사에서 밥을 빌어먹던 일을

---

8. **소과小科**  생원生員과 진사進士를 뽑는 사마시司馬試를 말한다.
9. **유가遊街**  과거 급제자가 광대를 앞세우고 풍악을 잡히면서 거리를 돌며 좌주座主(시험관), 선배 급제자, 친척들을 사흘에 걸쳐 찾아보던 일.

너희들이 혹시 들었는지 모르겠다. 오늘 다시 산으로 들어가 공부를 계속해야 하니 너희들은 더 머무를 이유가 없다. 그러니 오늘로 파하고 돌아가도록 하라."

각각 100냥을 주어 보내고, 형과 아우에게는 절로 돌아가 대과[10] 공부를 하도록 권했다.

기약한 10년을 다 채우고 보니, 허공은 엄연한 만석꾼 부자가 되어 있었다. 봄부터 몸소 시장에 가서 명주며 비단이며 모시며 삼베며 화려한 옷을 지을 옷감을 사다가 동네의 가난한 아낙들에게 삯바느질을 주어 남녀의 의복을 지으니, 그 옷이 모두 몇 벌이나 되는지 모를 지경이었다.

12월 21일이 되자 허공은 산사에 있는 형과 아우에게 대략 이런 내용의 편지를 보냈다.

제가 10년 동안 재산을 모아 보겠다던 기한이 다 찼습니다. 이미 마련한 재산이 우리 삼형제가 평생 먹고 입어도 다 쓰지 못할 정도로 풍족합니다. 오늘부터 변변찮은 음식 먹는 일일랑 그만두고 온 가족이 단란하게 모여 함께 행복을 누립시다.

10. 대과大科  문과文科.

화려한 안장을 얹은 준마를 함께 보내 두 형제를 맞이해 왔다. 형수와 제수에게도 역시 같은 편지를 보내 맞이했다.

형과 아우, 형수와 제수가 즉시 집에 도착했다. 허공은 마당에 장막 두 개를 치고 커다란 가죽함 여섯 개를 가져와 장막 안팎에 각각 세 개씩 두게 했다. 삼형제 내외가 모두 새로 지은 화려한 의복을 함에서 꺼내 갈아입었다.

허공은 또 하인에게 분부를 내려 말 세 마리를 준비하게 하고는 형과 아우에게 말했다.

"여기는 살 만한 곳이 못 됩니다. 갈 곳이 있습니다."

삼형제가 고삐를 나란히 하여 고개 하나를 넘어가니 산속에 으리으리한 기와집 세 채가 있었다. 앞으로는 긴 사랑채가 가로놓였고, 사랑채 앞에는 간 행랑이 있었으며, 마구간에는 준마가 가득했다. 온 마을 사람들이 길가에 나와 삼형제를 맞이했다. 형과 아우가 깜짝 놀라 물었다.

"여기가 어딘데 이렇게 으리으리한가?"

"우리 삼형제가 여생을 보낼 곳이지요."

저택과 노비의 배치 모두가 이처럼 으리으리한데, 본래 살던 집과는 5리도 채 떨어지지 않았거늘 형과 아우가 전혀 모르고 있었으니, 허공이 일을 얼마나 신중하고 은밀하게 진행했는지 알 만했다.

그날 저녁부터 삼형제의 아내들이 각각 집 하나씩을 차지하고,

허씨 삼형제는 사랑채에 함께 거처했다. 또 가죽함 10여 개를 가져왔는데, 안에는 모두 논밭 문서가 들어 있었다. 허공이 말했다.

"재산 분배는 누구도 더하고 덜함이 없이 삼형제가 똑같이 나누어야 마땅합니다. 다만 제 처는 거의 죽을 고생을 하며 우리 가산을 마련했습니다. 고생에 대한 상이 없을 수 없으니 땅을 별도로 떼어 주어야겠습니다."

15섬 나는 논을 따로 떼어 허공의 아내에게 주고, 그 나머지를 똑같이 나누었다.

· 하루는 형제가 함께 자고 있는데, 한밤중에 허공이 문득 일어나 통곡을 하는 것이었다. 형이 위로의 말을 했다.

"네가 지금 누리는 건 으뜸가는 벼슬아치와 다를 바가 없는데, 무슨 부족함이 있어 이토록 슬퍼하는 게냐?"

"부모님께서 당초에 우리 형제에게 기대하신 건 과거 급제였습니다. 형님과 아우는 작은 성취[11]이긴 하지만 그래도 부모님의 뜻을 이루었다고 할 수 있지요. 하지만 못난 저는 오로지 먹고사는 일에만 매달려 공부를 내팽개친 지가 벌써 10여 년이 되고 보니 기억하는 글자가 하나도 없습니다. 부모님의 뜻을 저버린 꼴이니 어찌 몹시 슬프지 않겠습니까? 다시 공부를 시작해 보려 해도 이미 기대하기 어려운 일이니, 활쏘기를 해서 무과武科에 급제하는

---

11. **작은 성취** 소과小科에 합격하여 생원이나 진사가 된 일을 말한다.

게 혹시 하나의 길이 되지 않을까요?"

허공은 즉시 활터로 갔다. 그 뒤로 바람이 부나 비가 오나 날마다 쉬지 않고 굳은 결심 아래 활쏘기 연습을 하더니 3년 만에 무과에 급제했다. 빼어난 재주와 넓은 국량이 있어 세상 사람들이 모두 뛰어난 무장이라고 칭송했다.

허공이 처음 임명된 외직外職은 안악[12] 군수였다. 임지로 막 떠나려 할 즈음 아내가 병으로 세상을 떴다. 허공은 말했다.

"나는 이미 부모님을 여읜 처지라 벼슬로 부모님을 봉양하는 일은 애당초 할 수 없었다. 다만 벼슬을 해서 내 아내를 영예롭게 할 생각이었거늘, 이제 아내가 이렇게 되고 말았으니 내 어찌 재산에 뜻을 두어 벼슬아치의 녹봉을 달가이 여기겠나?"

마침내 부임하지 않고, 집에서 생을 마쳤다고 한다.

# 네 친구

안석경

젊은이 네 사람이 북한산의 절에서 함께 글공부를 했다. 그중
한 사람은 집이 가난했는데, 집에 홀로 남은 아내가 삯바느질을
하여 양식을 대 주고 있었다. 그러던 어느 날, 어린 사내종이 와
서 아내가 죽었다는 소식을 알렸다. 그 사람은 책으로 얼굴을 덮
고 자리에 누워 사흘 동안 한마디 말도 하지 않고 아무것도 먹지
않았다. 나머지 세 사람이 억지로 일으켜 보았지만 꼼짝도 하지
않았다.

나흘째 되던 날 새벽에 그 사람은 책이며 붓이며 벼루를 싸 들
고 집으로 돌아갔다. 세 사람이 몰래 뒤따라갔다. 그 사람은 자기
집 안으로 들어가서 한 번 서럽게 울더니 들고 있던 책과 붓과 벼
루를 아내의 시신 곁에 두고 모두 불살라 버렸다. 그러고는 밖으
로 뛰쳐나갔는데 어디로 가는지 알 수 없었다.

세 사람이 절로 돌아온 뒤, 그중 한 사람이 또 책으로 얼굴을
덮고 눕더니 사흘 동안 한마디 말도 하지 않고 아무것도 먹지 않

았다. 나머지 두 사람이 억지로 일으켜 보았지만 꼼짝도 하지 않았다.

나흘째 되던 날 새벽에 그 사람은 책이며 붓이며 벼루를 싸 들고 집으로 돌아갔다. 두 사람이 몰래 뒤따라갔다. 그 사람은 자기 집 안으로 들어가자마자 즉시 부모, 형제, 처첩과 함께 짐을 이고 지고 도성 밖으로 떠났는데, 어디로 가는지 알 수 없었다.

두 사람은 절로 돌아와 글공부를 했다. 얼마 뒤 한 사람은 과거에 급제하여 높은 벼슬을 했고, 다른 한 사람은 연거푸 낙방하여 가난하게 살았다.

과거에 급제한 친구가 그 뒤에 호남 관찰사가 되자, 가난하게 살던 친구는 약해 빠진 말을 타고 잔약한 아이종과 함께 길을 떠나 관찰사에게 가서 도움을 받고자 했다. 도중에 홀연 벙거지를 쓴 두 사람이 준마를 끌고 와 있는 게 보였다. 그들은 이렇게 청했다.

"저희 주인 나리께서 나리와 친구 사이라며 만나고 싶다고 하십니다."

가난한 친구가 말했다.

"자네들의 주인 나리가 뉘신가?"

"가 보시면 아실 겁니다."

두 사람은 가난한 친구를 억지로 말에 옮겨 태우고, 아이종과 말은 후미진 마을에 맡겨 두었다. 그러고는 준마를 채찍질하여

산골짜기 사이를 질풍같이 내달렸다. 하루 동안 200리 길은 간 듯했는데, 그중 100리는 사람이 없는 땅을 지나쳐 왔다. 그렇게 달려 마침내 산속의 넓게 툭 트인 곳에 이르렀다. 기와집이 산처럼 높고, 대문과 뜰이 높고도 넓었다. 깃발이며 북이며 피리며 호위병이며 심부름하는 졸개들을 보아서는 흡사 변방의 군영軍營 같았다. 하지만 거처하는 곳이며 음식이며 시녀들이며 음악을 보아서는 그 호화로움이 군영 따위에 비할 바 아니었다.

바로 그 속에 한 사람이 화려한 옷을 차려입고 커다란 걸상에 높이 앉아 있었다. 그 사람은 가난한 친구의 자字를 부르며[1] 급히 외쳤다.

"왔군! 왔어!"

가난한 친구가 황송하여 종종걸음으로 다가가 불빛 아래서 가만히 보니, 그 사람은 바로 불을 지르고 떠난 친구였다. 저도 모르게 자字를 부르며 말했다.

"자네가 어찌 이런 곳에 와 있는가?"

함께 술을 마시며 취기가 오르자 불 지르고 떠난 친구가 조용히 예전 일을 말하다가 물었다.

"자네는 그 친구가 어디로 갔는지 아나?"

짐을 이고 지고 떠난 친구를 가리키는 것이었다.

---

1.**자字를 부르며**　옛날에 친한 친구들끼리는 이름을 부르지 않고 자字를 불렀다.

"모르네."

"그 친구가 가장 잘됐어. 지금 묘향산 북쪽에 있는데, 삼밭을 차지하고는 온 집안이 화식²을 하지 않더니 거의 신선이 다 되었다네. 우리 같은 무리가 그런 경지까지야 어찌 바랄 수 있겠나?"

"자네는 어떻게 이런 부자가 되었나?"

"그런 건 물을 것 없고. 그런데 자넨 지금 무슨 일로 호남에 가나?"

"혼례를 치르고 상례를 치르며 생긴 빚이 산더미 같아서 호남 관찰사에게 도움을 청해 보려고 하네."

"그 친구는 쩨쩨해서 틀림없이 자네가 바라는 돈의 1할이나 2할도 주지 않을 것이니, 부탁하러 가지 말게. 내가 1천 냥³을 줄까 하는데, 그 정도면 괜찮겠나?"

"그 돈이면 빚을 갚고도 남겠네."

"자네가 집에 보내는 편지를 써서 여기 두면 자네가 돌아가기 전에 자네 집에 1천 냥을 보내 놓겠네. 자네는 어서 집으로 돌아가고, 호남 감영⁴에는 가지 말게."

마침내 돈 관리하는 자에게 명령하여 10만 전⁵을 가져오게 하



---

2. **화식火食**  음식을 불에 익혀 먹는 일.
3. **1천 냥**  은화 1천 냥은 당시 서울의 좋은 기와집 한 채 값이었다.
4. **감영監營**  관찰사가 상주하며 업무를 보던 관청.
5. **10만 전錢**  엽전 10만 개. 1천 냥에 해당하는 돈이다.

고, 포목을 관리하는 자에게 명령하여 베 100필을 가져오게 했다. 가난한 친구에게 이를 보여 주고는 편지를 받은 뒤 그 집으로 보내니, 준마 일곱 마리와 용맹한 사내 10여 명이 인사하고 떠났다. 또 준마 한 마리에 가난한 친구를 태워 보내니 준마가 날 듯이 달렸다.

가난한 친구는 자신의 종과 말을 찾은 뒤 서쪽으로 돌아가려 하다가 문득 다시 호남 감영을 향해 갔다. 가난한 친구는 명함을 들이고 들어가자마자 불 지르고 떠난 친구의 거처와 수하의 졸개들이 이러저러함을 말했다. 관찰사가 말했다.

"자네가 과연 그 친구의 처소에서 직접 본 일인가?"

"그렇다네."

"지금 그 친구를 붙잡으라는 조정의 분부가 있네. 그 친구가 도적의 괴수가 된 지 벌써 20년이 됐기 때문이지. 내가 지금 용맹한 장교와 영리한 아전 수천 명을 징발하고 자네를 향도[6]로 삼으면 반드시 잡을 수 있을까?"

"잡는 데 무슨 어려움이 있겠나?"

"그렇다면 나는 공을 세워 벼슬이 올라갈 것이고, 자네 또한 공을 세워 벼슬을 받게 될 테니, 역시 좋은 일 아니겠나?"

가난한 친구는 매우 기뻐했다.

---

6. **향도鄕導** 앞장서서 길을 인도하는 사람.

호남 관찰사는 은밀히 인근 읍에 공문을 보내 아전과 장교를 선발하고 전주의 정예 군사를 모두 징발하니 도합 2천여 명이나 되었다. 관찰사는 몸소 부대를 거느리고 가난한 친구로 하여금 기병 100명을 거느려 앞장서게 했다.

가난한 친구가 지난번 아이종과 말을 남겨 두었던 곳에 이르러 손가락으로 산길을 가리키며 관찰사에게 말을 전하고 있는데, 홀연 말을 탄 용맹한 사내 10명이 준마 한 마리를 이끌고 산에서 날 듯이 내려왔다. 그들은 곧장 기병 100명의 무리 가운데로 들어와 가난한 친구를 결박하고는 준마에 옮겨 묶은 뒤 날 듯이 말을 달려 산으로 들어갔다. 관찰사는 깜짝 놀라 정예 기병으로 하여금 추격하게 했지만 아득히 종적이 보이지 않았고, 산속에는 갈림길이 많았다. 정예 기병이 돌아와 보고했다.

"어쩔 도리가 없었습니다."

관찰사는 마침내 진을 치고 기다렸다.

말 탄 사내 10명은 그날 안으로 가난한 친구를 데리고 가서 두목 앞에 대령했다. 불 지르고 떠난 친구는 무기를 잔뜩 벌여 놓고 가난한 친구를 잡아들여 꾸짖었다.

"너는 왜 친구의 정이 없느냐? 관찰사도 사리에 밝지 못하구나. 제가 나를 잡을 수 있을 줄 알고?"

가난한 친구의 볼기를 치고는 말했다.

"옛 정이 아직 남아 있어 너를 죽이진 않는다. 너는 가서 관찰사에게 알려라!"

볼기 10여 대를 치고는 끌어냈다.

불 지르고 떠난 친구는 부하들에게 속히 짐을 꾸리라고 명령했다. 부하들이 짐을 다 꾸렸다고 보고하자 명령했다.

"모두 떠나자!"

마침내 상마포[7]를 울려 출발을 알렸다. 또 후위대에게 명령했다.

"버리고 떠나는 집에 불을 질러라. 화약을 써서 불태워라!"

화염이 일시에 하늘까지 치솟더니 기와가 날며 별처럼 흩어졌다.

가난한 친구는 사흘 동안 가서야 비로소 관찰사의 진에 도착했다. 사정을 알리자 관찰사는 큰 한숨을 쉬며 돌아갔다. 가난한 친구에게는 물론 한 푼도 주지 않았다.

오륙 년이 흘렀다. 가난한 친구가 서쪽으로 묘향산에 놀러 갔다가 산 북쪽으로 깊이 들어갔다. 대나무 삿갓을 쓰고 도롱이를 입은 사람이 푸른 소를 타고 있는 것이 보였다. 날 듯이 빨리 가기에 온 힘을 다해 뒤쫓아 하루에 100여 리를 갔다. 그 사람은 보이지 않았지만 쇠똥을 쫓아가서 석문石門 안으로 들어갔다. 깨끗한 초가집 한 채가 바위 언덕에 있었다.

문을 두드리자 나오는 사람이 있었다. 바로 짐을 이고 지고 집

---

7.**상마포**上馬砲 군대의 출발을 알리기 위해 의식용으로 쏘는 총포銃砲.

을 떠난 친구였다. 그 부모는 모두 동안童顔이었고, 형제들 모두 건강했다. 두 사람은 악수하고 담소하며 옛일을 이야기했다.

며칠을 지낸 뒤에 짐을 이고 지고 집을 떠난 친구가 꾸짖었다.

"불 지르고 떠난 친구는 참으로 사형을 당할 만한 큰 도적이었지만, 자네는 어쩌자고 향도 노릇을 했단 말인가? 자네는 너무도 신의가 없어! 또 좀도둑질하는 일이 나라에 막대한 해를 끼치는 것도 아니건만, 호남 관찰사는 습격할 계획을 세워 친구로서의 정을 완전히 잊고 말았으니 이 역시 마땅치 않은 일일세."

가난한 친구가 말했다.

"자네 말이 과연 맞네. 나도 후회하고 있어. 그런데 자네는 왜 세상을 버리고 깊은 곳에 숨어 사나?"

"그때 불 지르고 떠난 친구가 한 행동을 보고 참으로 놀랐네. 그 어찌 사람으로서 차마 할 수 있는 일이겠나? 나는 그 친구의 사납고 용맹한 기질로 보아 훗날 나라의 역적이 되지 않을까 싶었네. 그래서 미리 세상을 피할 계획을 세웠던 걸세. 하지만 나라의 운이 아직 창창하고 그 친구 역시 지혜로운 사람이라서 나라를 뒤엎을 수 없다는 걸 알았기에 숲 속에서 도적질이나 하며 즐기는 데 그쳤을 뿐이지."

가난한 친구가 이리로 이사해서 함께 살고 싶다고 하자, 이고 지고 떠난 친구는 허락하지 않으며 이렇게 말했다.

"자네란 사람은 함께 은거할 만한 인물이 못 되네. 일단 이 산

을 나서면 산길이 좁고 갈림길도 많으니 틀림없이 다시 찾아올

수 없을 걸세."

# 영남의 가난한 선비

안석경

영남에 가난한 선비가 살았다. 선비는 날마다 이리저리 양식을 구해 근근이 처자식을 먹여 살렸다. 그러던 어느 날 아내에게 말했다.

"인생 백 년이 눈 깜짝할 사이라지만 일생의 계획을 세우자면 반드시 오륙 년을 들여 기반을 마련한 뒤에야 죽을 때까지 근심 없고 몸 편안히 인생을 누릴 수 있을 게요. 지금 나는 날마다 하루 벌이 일로 근근이 하루 양식을 얻을 뿐이라 장기적인 대책을 세울 겨를이 없소. 이렇게 살다 늙어서 혹시 오래도록 병이라도 든다면 우리 식구 모두 자리에 누워 죽는 것 말고는 아무런 대책이 없소. 나는 집 떠나 먼 곳으로 가서 미래를 위한 장기 대책을 마련해 보고 싶소. 오륙 년 동안 당신은 길쌈이나 삯바느질을 하고 아이들은 땔나무를 주워 오게 하면 그럭저럭 세월을 버티며 근근이 연명할 수 있지 않겠소?"

아내가 "그럴게요"라고 말했다.

가난한 선비는 마침내 집을 떠나 서울로 갔다. 뭇 재상들의 동정을 관찰하고 여론을 살핀 뒤 가장 청렴하고 신망이 높으며 재주가 탁월하고 도량이 넓은 벼슬아치를 골라 그 집으로 들어가기로 했다. 그리하여 그 집 여종 중에 너무 못생겨서 시집도 못 가고 애인도 없는 자를 골라 예물을 주고 아내로 삼았다. 그러고는 비부쟁이[1]로서 주인에게 인사드리고, 그 집 청소를 맡았다. 주인 내외의 지시를 받아 시장에 가서 물건을 사고팔기도 하고, 소작세를 걷어 오기도 하는데, 모든 일처리가 정직하고 능수능란해서 주인의 칭찬을 받았다. 시간이 흐르자 주인 내외가 전적으로 일을 맡겨 집안의 무슨 일이든 선비와 상의하기에 이르렀다.

하루는 대감이 관아에서 돌아와 조용히 물었다.

"너는 어떤 사람이냐? 이름은 뭐고, 본래 어디 살았느냐?"

"함경도 백성으로 이름은 아무개입니다. 어릴 때 글을 배워 자못 문리를 깨쳤지만 집에 돈이 없어 고생하다가 여기저기 떠돌던 끝에 이리로 오게 되었습니다."

"네가 글을 배워 문리를 깨쳤다면 한데서 청소나 하고 있는 게 불만스럽겠구나. 앞으로는 안으로 들어와 장부 관리하는 일을 맡도록 해라."

선비는 장부 관리를 맡아 일을 신속하고 정확하게 잘 처리해서

---

1. 비부婢夫쟁이  여종의 남편.

큰 사랑을 받았다.

　얼마 뒤 대감은 평안도 관찰사가 되었다. 대감은 선비에게 재무 일을 맡겼다. 관찰사 임기가 끝나 서울로 돌아가게 되었을 때 선비가 조용히 말했다.

　"사또께서는 누구보다도 청렴하셔서 관아의 돈을 한 푼도 쓰시려 하지 않았습니다. 하오나 지금 장부에 올라 있는 돈 외에 은화 10만 냥이 남아 있는데, 어찌 처리하시렵니까?"

　"나도 처리할 방도를 궁리 중이다만 아직 생각을 정하지 못했다."

　"평안도의 선비며 백성이며 병졸이며 아전들이 어떤 일을 잘못 벌여 쓴 돈이 얼마고, 또 어떤 일을 잘못 벌여 쓴 돈이 얼마입니다. 5만 냥을 여기에 쓰면 그 부실을 모두 메울 수 있으니 사또께서 끼치신 은혜가 무궁할 것입니다. 나머지 5만 냥은 제게 맡겨 주십시오. 제가 중국 물건을 사 와서 배에 싣고 삼남[2]으로 내려가 일본에 팔면 곱절의 이익을 얻을 수 있습니다. 여기서 얻은 돈으로 통제영[3]의 활, 화살, 칼, 창, 대포를 사다가 대동강을 방비하는 데 쓰면 좋지 않겠습니까?"

---

2. **삼남**三南　경상도, 전라도, 충청도 세 지방을 통틀어 일컫는 말.
3. **통제영**統制營　통제사統制使가 있던 곳으로, 지금의 경상남도 통영統營이 그 소재지이다. 조선시대에는 이곳에서 무기를 생산했다.

대감은 아주 좋은 생각이라 여기고 은 10만 냥을 모두 선비에게 맡겼다. 선비는 5만 냥으로 평안도의 부실을 모두 메웠다. 나머지 5만 냥으로는 중국 물건을 사서 배에 싣고 남쪽 지방으로 내려갔는데, 1년이 넘도록 소식이 없었다. 그동안 관찰사는 임기를 마치고 서울로 돌아왔다. 관찰사는 속았다고 생각하고는 늘 이렇게 말했다.

"아무개는 큰 도적이니 죽여야 옳다!"

3년 뒤 선비는 다 해진 옷을 입고 서울로 돌아왔다. 선비는 아내인 여종을 시켜 안주인에게 알리게 했다.

"비부쟁이 아무개가 와서 뵙고자 합니다."

안주인이 말했다.

"대감께서는 5만 냥을 도둑맞았다며 항상 네 남편을 죽여야겠다고 하신다. 하지만 평안도에 있을 때 대감께서는 집안일을 돌보지 않으셨고, 대감의 수행원들이 모두 이름난 무관들이었지만 그들 또한 우리 집안에 필요한 것을 챙겨 주지 못했어. 만약 네 남편이 재빠르고도 충성스럽게, 관아에 해를 끼치지 않으면서 우리 집안에 이익을 주고 온 힘을 다해 일을 꾸려서 집으로 온갖 물자를 연이어 보내 주지 않았다면 집안일을 의지할 곳이 없었을 거야. 그러니 네 남편의 공을 내 어찌 잊을 수 있겠느냐. 너는 네 남편에게 이런 사정을 자세히 말해서 속히 떠나게 해라. 절대로 머물게 해서는 안 된다."

여종이 그 말을 자세히 전하자, 선비는 피식 웃더니 떠나지 않고 계속 머물렀다.

그러던 어느 날 선비가 대감의 눈에 띄었다. 대감은 즉시 그 죄를 하나하나 꾸짖으며 커다란 곤장을 준비하도록 분부했다. 곤장을 쳐 죽이려는 것이었다. 그러자 선비가 말했다.

"5만 냥이 얼마나 큰돈입니까. 만일 제가 그 돈을 훔쳤다면 감히 다시 와서 뵐 수 있겠습니까? 대감께서는 왜 자세한 곡절도 묻지 않고 다짜고짜 저를 죽이려 하십니까?"

대감은 잠시 곤장 치는 일을 멈추라 분부하고 곡절을 말하게 했다. 선비는 물러가서 선비의 의관을 꺼내 입고 나왔다. 그러고는 계단을 올라가 손님의 자리에 앉더니 이렇게 말했다.

"저는 함경도 백성이 아니라 영남의 선비입니다. 제가 대감이 부리는 여종의 남편이 된 것은 대감이 마땅히 평안도 관찰사가 될 것이라 예상했기 때문입니다. 우리나라는 평안도의 물산이 가장 풍부하기에 몸을 굽혀 대감을 섬기며 평안도의 물건을 사들여 부자가 될 계획을 세웠던 거지요.

그런데 내가 이득을 얻기 위해서는 반드시 남에게 먼저 이득을 주어야 하고, 윗사람에게 이득을 주려면 반드시 아랫사람에게 먼저 이득을 주어야 하는 것이 세상의 당연한 이치요 하늘의 마땅한 도리입니다. 그러므로 5만 냥으로 먼저 평안도의 선비며 백성이며 병졸이며 아전들에게 이득을 준 뒤에 나머지 5만 냥으로 장사를 해서 다시 10만 냥을 만들었습니다. 그래서 그중 반은 대감 댁에 이득을 드리고, 나머지 반은 소생의 집에 이득을 주었습니다. 3년 동안 대감은 원금을 전혀 잃지 않았는데, 왜 소생을 미워하며 반드시 죽여야겠다고 하십니까?"

"나는 나를 속였다는 게 미운 것이니, 이득이 있고 없고는 논할 바 아니다."

"내일 다시 뵙겠습니다."

선비가 물러나와 가방에서 문서를 한 아름 꺼내 안고 대감의 아들을 찾아가 말했다.

"나는 오늘 손님의 예로써 대감을 뵈었소. 그러니 그대들 역시 나를 비부쟁이로 보아서는 안 될 것이오."

선비는 그동안의 전후 사정을 다 말한 뒤 이렇게 말했다.

"그대들은 한번 생각해 보시오. 내가 만일 대감을 속이지 않았다면 대감처럼 청렴한 분이 무슨 수로 5만 냥을 들여 논밭을 살 수 있었겠소? 나는 5만 냥으로 중국 물건을 사들여 배에 싣고 동래⁴로 갔소. 거기서 일본 물건으로 바꿔 다시 서울로 가서 파니 서너 배의 이득이 남았소. 그러나 큰 물건을 취급해서 막대한 이익을 취하는 자가 인색하게 굴어서는 안 될 일이지요. 그래서 오

---

4.**동래東萊**　지금의 부산시 동래구 일대. 이곳에 왜관倭館이 있어 조선과 일본의 상거래가 이루어졌다.

가는 길에 쓰고, 곤궁한 자들에게 나눠 주기도 했으며, 잔치를 열어 소비한 돈 역시 적지 않았소. 그러고 나서 쓸 돈을 헤아려 보니 땅과 집과 노비를 살 돈으로 10만 냥이 있었소. 우선 좋은 땅이며 집과 좋은 노비를 가려 5만 냥에 사들였으니, 이는 대감께 돌려드리겠소. 이게 바로 그 소유를 증명할 문서들이니 그대들이 받아 두시오. 또 대감께 드린 것보다 한 등급 떨어지는 땅이며 집과 노비를 가려 5만 냥에 사들였는데, 이건 내가 가지겠소. 내일 그대들 고향의 노비들이 쌀 1천 섬을 실어다 용산에 부려 둘 거요. 이건 그 5만 냥으로 산 땅에서 나온 것이오. 노비 한 명을 보내 이 좌계[5]를 가져가 합해 보게 한 뒤에 그대들 집으로 들여오도록 하시오."

마침내 가방을 뒤져 좌계를 하나 꺼내 주었다.

과연 고향의 노비 수십 명이 수레를 세내어 쌀 1천 섬을 싣고 와 대감의 집에 들여놓았다. 대감은 한참 동안 큰 한숨을 내쉬며 경솔하게 꾸짖었던 일을 부끄러워했다. 이렇게 해서 대감은 청빈한 가문으로서 맑은 이름을 떨어뜨리지 않고도 마침내 거부가 되었다고 한다.

5. **좌계左契** 둘로 나눈 증서 중 왼쪽의 것. '좌계'는 자신이 갖고, 나머지 '우계'右契는 상대방에게 주어 계약 증서로 삼는다.

# 갓바치

유만주

상민常民 중에 이씨 성을 가진 자가 있었다. 부모도 처자식도 없이 오직 형제 둘뿐이었는데, 곤궁한 처지로 떠돌이 생활을 하며 의지할 곳이 없었다.

남쪽 성문 밖 이문동[1]에 재상의 집이 있었다. 이씨 형제는 그 집 문 밖의 공터로 가서 땅을 파 움집을 짓고 살았다. 형제는 가죽으로 물건 만드는 일을 업으로 삼았다.

형은 누더기 옷을 걸치고 패랭이[2]를 쓰고 어떤 거리를 지나가다가 담장을 회칠한, 몹시 정갈한 집을 보았다. 길을 향해 열린 작은 창에 붉은 주렴이 드리웠는데, 주렴 안으로 언뜻 아름다운 여인의 얼굴이 보였다. 여인도 마침 형을 보고는 비웃으며 말했다.

---

1. **이문동里門洞**  숭례문崇禮門 밖의 동 이름으로, 지금의 서울시 중구 남창동과 용산구 후암동 일대.
2. **패랭이**  신분이 낮은 사람이 쓰던, 댓개비로 결어 만든 갓.

"크크! 저런 천한 것도 아내가 있을까?"

형은 돌아와 아우에게 말했다.

"오늘 어린 여자에게 모욕을 당했다. 술수를 써서 앙갚음해야 겠다."

그러고는 급히 재상의 집으로 들어가 엎드려 말했다.

"소인은 갖바치 아무개로, 대감마님 댁 아래에 살고 있습니다. 작은 사업을 하나 해 보려 하는데 300냥을 빌려 주시기 바라옵니 다. 몇 달 안에 반드시 갚겠사옵니다."

재상은 천한 자가 담대한 말을 하는 걸 기이하게 여겨 즉시 돈 을 내주었다. 갖바치 형은 돈을 지고 움집으로 들어가 동생에게 주며 계책을 일러 주었다.

"내가 이리하면 너는 이리해라. 네가 이리하면 나는 이리할 게."

그러더니 날마다 고기를 사다가 형제가 배불리 먹었다. 그렇게 수십 일을 보내고 나니 비쩍 마른 얼굴에 살집이 붙고 얼굴의 검 은 때가 싹 없어지며 거친 피부에 광택이 났다. 그러자 이번에는 비단옷이며 말총갓이며 담비 갖옷이며 향나무 부채를 사다가 옷 을 말쑥이 차려입고 집 밖으로 나섰다. 풍채가 완연히 호걸스러 운 부자 역관[3]이었다.

해가 저물 무렵 여인이 사는 동네로 함께 들어가 작은 창에 주 렴이 드리운 곳을 보고 말했다.

"여기가 바로 거기야."

즉시 주막으로 들어가 허리띠를 풀고 기분 좋게 마신 뒤, 일부러 그 집 문 앞을 지나가며 아우더러 미리 길 건너편에 가 있다가 문 앞에서 마주치는 것처럼 하게 했다.

작은 창에는 벌써 주렴 너머를 엿보는 여인이 있었다. 바로 전에 비웃던 그 여자였다. 여인은 본래 부유한 역관의 외동딸로, 재산이 많아 주막을 열어 놓고 뭇 여종들로 하여금 손님을 끌어오게 하고 있었다. 여인은 두 손님이 마주 서서 이야기 나누는 모습을 보았다. 풍채가 호걸스럽고 살집이 좋았으며, 옷차림이 몹시 화려하고 멋졌다. 한 손님이 말했다.

"나는 북경北京에 갔다가 최근에 돌아왔소. 그동안 별고 없으셨소?"

"때마침 만났군요. 골목이 꽤 으슥하니 대강 여기서 얘기 좀 나눕시다."

금은보화가 얼마니 비단이 얼마니 하면서 서로 대화를 나누는데, 이야기가 몹시 그럴싸했다. 여인은 저들이 부자 역관이라 여겨서 벌써 육칠 푼은 마음이 저들에게로 향했다.

이윽고 손님이 가방에서 돈을 꺼내더니 술을 시켰다. 여인은

---

3. **부자 역관譯官** 조선 후기에는 역관이 중국·일본과의 무역을 통해 부를 축적하는 일이 많았기에 한 말이다.

급히 최고급 술을 가져다 여종에게 내가게 하고 다시 두 손님을 엿보며 그들의 이야기를 엿들었다. 손님들의 말이란 게 모두 아무개 재상이 나와 친하다느니, 아무개 장군이 무슨 부탁을 하더라느니 하는 것이었다. 여인은 또 부자 역관에다 권세도 있는 자들이라 여겨서 팔구 푼쯤 마음이 저들에게로 향한 채 계속 엿보고 엿들었다.

얼마 뒤 날이 벌써 저물었다. 손님 하나가 몹시 취해서 자리에 쓰러져 누웠다. 다른 손님이 데리고 나가려 했지만 너무 취해서 일으킬 수 없었다. 손님은 근심스레 혼잣말을 했다.

"날이 저물었는데 이리 취했으니 어쩌지?"

잠깐 머뭇거리더니 문득 주막의 여종을 불러 말했다.

"취한 사람은 바로 내 친구인 체정동[4]의 이동지[5]란 분이야. 지금 취했는데, 날이 벌써 저물고 집이 성 밖에 있어 돌아갈 수가 없군. 빈방 하나를 잡아 하룻밤 묵으며 이슬 맞지 않게 해 다오. 아침에 말과 마부가 올 테니."

가방에서 돈을 꺼내 여종에게 주며 말했다.

"땔나무를 사다가 따뜻하게 주무시도록 해라. 병이 나면 안 될 것이야."

---

4. **체정동蒂井洞**　가상의 동네 이름.
5. **이동지李同知**　'동지'는 동지중추부사同知中樞府事의 약칭이다. 조선 후기의 중인中人들 가운데 허직虛職으로 동지의 직함을 받은 이가 많았다.

손님은 그렇게 말하고 떠났다.

여인은 뜻밖에 손님 하나가 묵게 되자 몹시 기뻐하며 급히 뭇 여종들을 불러 말했다.

"손님이 우연히 취해 여기 계신데 누추한 방에 묵게 했다가 병이라도 나시면 큰일이야. 안채가 깨끗하고 따뜻하니 손님을 부축해 안으로 모시는 게 좋겠다."

뭇 여종들이 손님을 부축해 들여 안채에 눕혔다. 여인은 조심조심 손님의 옷과 띠를 풀고 목침을 베우고 비단 이불을 덮어 준 뒤 그 곁에 앉아 술이 깨기를 기다렸지만 손님은 깨어나지 않았다. 밤이 깊자 여인 역시 잠이 들었다.

새벽녘에 손님이 비로소 일어나 앉더니 눈을 휘둥그레 뜨고 말했다.

"여기는 뉘 집인가? 내가 왜 여기 있는 거지? 혹시 내가 취했었나?"

여인이 따스한 말씨로 어제 취했던 일을 말해 주고는 해장술과 과일을 올렸다. 손님이 일어나 떠나려 하자 여인이 말했다.

"제 집엔 기둥서방이 없으니 제 마음을 거절하지 말아 주셔요."

굳이 만류하자 손님은 마지못해 그 말에 따라 다시 앉았다.

아직 밥을 먹기도 전에 문밖에서 말 울음소리가 들렸다. 여인이 주렴 너머로 보니 준마와 건장한 하인이 늠름하게 다가와 여종을 부르고 있었다.

"나는 체정동 이 동지 댁 사람이다!"

여인이 듣고 급히 다가가서 따스한 말로 머물러 달라고 하자, 손님은 또 마지못해 그 말에 따르며 하인에게 말했다.

"내가 오라고 할 때 다시 오거라!"

하인은 즉시 떠났다.

여인은 몹시 기뻐서 술과 음식을 차려 내며 오직 손님의 마음을 얻지 못할까 걱정했다. 밤에는 손님을 모시고 잠자리를 함께 했다.

아침이 되자 건장한 구실아치가 와서 말을 전했다.

"병조판서 아무개 나리께서 급히 쓸 곳이 있다며 은 몇 냥을 빌릴 수 있겠느냐 하십니다."

손님은 즉시 가방에서 열쇠를 꺼내 주며 말했다.

"이걸 우리 집에 갖다 주고 금고에 있는 은을 필요한 만큼 가져가게."

여인이 곁에 있다가 말했다.

"꼭 나리의 돈을 쓰실 것 있나요? 그 정도 은은 제게도 있답니다."

손님이 웃으며 말했다.

"네가 무슨 은이 있다는 게냐?"

여인은 즉시 은을 가져왔다. 최상급의 은이었다.

“이거면 그런 대로 쓸 수 있겠구나.”

마침내 그 은을 내주었다.

며칠 뒤 또 한 명의 구실아치가 와서 말했다.

“재상 아무개 대감께서 병환이 생기셔서 지금 인삼을 쓰고 계신데, 강화도 인삼이 다 떨어져 구하기 어렵다고 하십니다. 간직하고 계신 걸 주시면 효험이 있을 듯합니다.”

손님은 일부러 얼굴을 찌푸려 보이며 말했다.

“내가 집으로 돌아가야 청을 들어드릴 수 있겠군.”

여인이 말했다.

“제게 강화도 인삼이 있으니 우선 그걸 쓰게 하면 되지요. 돌아가실 것 없습니다.”

손님이 웃으며 말했다.

“그 귀한 강화도 인삼을 네가 어찌 가지고 있단 말이냐? 있다 한들 쓸 만한 걸까?”

여인은 즉시 들어가 인삼을 꺼내 왔다.

“과연 강화도 인삼이로구나!”

또 그 인삼을 내주었다.

여인은 이런 일이 있은 뒤로 더욱 손님이 부유한 데다 참으로 대단한 세력까지 가졌다고 믿어 의심치 않으며 그 짝이 된 것에 긍지를 가졌다. 마침내 상자 속의 비단을 꺼내서 손님에게 새 옷을 지어 입혔다. 손님은 짐짓 네댓새를 더 머무르며 진귀한 음식과 고급술을 배불리 먹고 밤이면 여인과 잠자리를 함께했는데, 여인은 둘 사이의 관계를 확고히 하기 위해 천만 가지로 아양을 부렸다.

하루는 마부가 말을 끌고 와서 말했다.

"아무개 영공[6]께서 급히 의논할 일이 있다며 말을 보내셨습니다. 속히 가 주시기를 청합니다."

여인이 애가 타서 말했다.

"나리, 가실 거예요?"

"긴급한 일로 청하니 안 갈 수가 없군. 또 집 떠난 지 오래라 이젠 돌아가야겠어."

"떠나시면 여종을 보내 안부를 여쭤야 할 텐데, 어디로 가면 되죠?"

"남쪽 성문 밖 이문 안에 체정동이란 곳이 있다. 거기 큰 저택이 있는데, 안으로 들어가면 온갖 꽃이 피어 있지. 그 바깥에 있는 집이 바로 내 집이야."

"혹시 찾기 어려우면 어쩌죠?"

손님은 웃으며 말했다.

"내 집을 모르는 자가 어디 있겠누?"

마침내 손님은 말을 타고 바삐 떠나갔다. 여인은 멍하니 바라

---

6.**영공令公** 영감令監. 정3품과 종2품의 벼슬아치를 이르던 말.

보며 안절부절 어쩔 줄을 몰랐다.

며칠 뒤 술과 음식을 성대하게 준비해서 여종들을 보내 이른바 '체정동'이란 곳을 찾아가게 했다. 시장 사람들은 모두 웃으며 말했다.

"내가 여기 산 지가 오랜데, 체정동이란 게 어디 있는 동네인지 들어 본 적이 없네."

여종은 어스름에 돌아와 말했다.

"체정동을 못 찾았어요."

여인이 혀를 차며 말했다.

"너희들이 길을 잃었구나! 그 댁을 모르는 이가 어디 있다고 못 찾았단 말이냐?"

이튿날 옷을 화려하게 차려입고는 직접 여종들을 데리고 도성 남쪽으로 나갔다. 이문 안에 이르러 체정동이란 곳을 찾아 자빠질 듯 숨을 헐떡이고 땀을 뻘뻘 흘리며 오르락내리락 두루 돌아다녔지만 끝내 찾을 수 없었다. 날이 저물어서 문득 저 멀리 큰길을 향해 대문이 난, 거대한 저택이 바라보였다. 황망히 대문 앞에 이르니 과연 꽃들이 피어 있고, 대문 안에는 작은 집이 좌우로 펼쳐 있었으며, 갓을 쓴 젊은이들이 한가로이 놀이를 즐기고 있었다. 여인은 기뻐서 말했다.

"이게 내 집이구나!"

여러 종들에게 자랑했다.

"이 집을 봐라! 바로 이 집 아니냐! 너희들은 눈도 없지."

그러고는 여종에게 아무개 공이 계신지 묻게 했다. 여러 젊은이들은 벌써 그 사정을 알고 웃으며 문밖의 움집을 가리키며 말했다.

"그 사람 집은 저기야."

그 말에 여인은 어리둥절해 있다가 일단 가 보기로 했다. 움집 안에는 갖바치 두 사람이 있었다. 그중 한 사람은 바로 전에 만난 손님이었다. 누더기 옷을 입고 바야흐로 고개를 숙인 채 못 쓰게 된 신발을 고치고 있다가 여인이 온 것을 흘깃 보고는 송곳칼을 들고 나와 여인을 때려 땅에 쓰러뜨린 뒤 꾸짖었다.

"네가 여긴 왜 왔느냐? 너는 나 같은 놈도 아내가 있겠느냐 했었지. 내 아내가 별다른 사람이더냐? 바로 네가 아니냐. 네가 여긴 왜 왔느냐? 내가 칼로 너를 도려낼 참이니 너는 여기 머물러 있지 마라!"

여인은 깜짝 놀랐다. 그제야 이 사람이 바로 자신이 주렴 안에서 비웃었던 천민임을 알아차렸다. 여인은 몹시 후회하는 한편 분해하더니 돌아온 즉시 병들어 죽고 말았다.


손님은 이씨 성의 갖바치이고, 또 다른 손님은 그 아우이며, 구실아치와 하인과 마부는 모두 돈을 주고 고용한 자들이었으니, 모두 맡은 역할대로 연기를 잘해서 여인을 속였던 것이다. 갖바치는 계략을 꾸며 여인이 가진 은과 인삼을 빼앗아서 이것으로 재상에게 빌린 돈을 갚았다.

갖바치가 거주지를 '체정동'이라고 했던 이유는 다음과 같다. 가죽을 가공할 때 송곳을 쓰는데 송곳이 무뎌지면 숫돌에 간다. 갖바치들이 쓰는 숫돌 끝은 오목하게 홈이 파여 있게 마련인데, 사람들은 이 오목한 부분을 '체정'[7]이라 부른다. 갖바치는 자신이 사는 동네 이름을 '체정' 두 글자로 붙여 여인을 모욕하고자 했던 것이다.

나[8]는 전에 『서호지』[9]에서 이런 이야기를 읽은 적이 있다. 항주[10]에 기녀가 있었는데, 이름은 잊었다. 기녀는 재산이 몹시 많았다. 어떤 무뢰배가 그 재산을 모두 빼앗고자 연극을 꾸며 풍류 있는 호걸 행세를 했다. 그리하여 북쪽 마을에 무뢰배의 명성이 드높아지자 기녀는 그에게 매혹되어 자기 재산을 모두 쏟아부었다. 기녀는 훗날 속은 것을 깨닫고는 분해하고 한스러워하다가 죽고 말았다고 한다. 이 이야기는 갖바치 이야기와 대단히 비슷하다.

저 갖바치는 참으로 교활하게도 사람을 속였다. 하지만 그 의

---

7. **체정**蒂井 '꼭지 우물'이라는 뜻.

8. **나** 작자 유만주兪晚柱를 말한다.

9. **『서호지』**西湖志 중국 항주杭州 서호西湖 일대의 지리 정보와 문화 사적을 망라한 백과전서. 1735년 절강총독浙江恩督 이위李衛가 주관하여 편찬했다.

10. **항주**杭州 중국 절강성浙江省의 성도省都.

도가 교만함을 벌주고 음란함을 막는 데 있었으니, 선량한 사람을 속이거나 정숙하고 공손한 사람을 속이는 것과는 다르다. 그런 까닭에 나는 이 이야기를 기록하여, 이익을 탐하고 권세를 흠모하다가 신세를 망치는 세상 사람들에게 경종을 울리고자 한다.

아내를 찾아

유만주

옛날 어떤 나그네가 호남으로 가는 길에 여산[1]의 객점[2]에서 묵게 되었다. 객점 주인은 노인 부부였는데, 모두 범상치 않아 보였다. 나그네는 마침 비가 내려 객점에서 사흘을 묵어야 했다. 나그네는 노인에게 무료함을 달래게 재미난 이야기를 해 달라고 했다. 그러자 노인은 말했다.

"이 기이한 얘기를 다른 사람에게는 전하지 말아 주십시오. 제가 직접 겪은 일이니 말입니다. 저는 본래 아무 고을 사람입니다. 젊어서는 자못 비범한 면이 있었지요. 같은 고을 여자와 결혼했는데, 그 여자가 바로 저 할멈입니다. 젊었을 때는 꽤 미인이었답니다.

결혼하고 처가에서 한 달 남짓 머물다가 돌아오는 길이었습니



1. **여산礪山**　전라북도 익산시 여산면 일대.
2. **객점客店**　오가는 길손이 음식을 사 먹거나 쉬던 집.

다. 아내를 소에 태우고 저는 소를 채찍질하며 그 뒤를 따랐지요. 그때 비 때문에 시냇물이 불어서 소가 건너질 못했습니다. 시냇가를 서성이고 있는데, 서울 사람처럼 옷을 잘 차려입은 사람 하나가 좋은 말을 타고 달려왔습니다. 인상이 사납고 험상궂더군요. 사내는 순식간에 시내 앞까지 오더니 말에 채찍을 갈기며 시내를 건너는데 전혀 어려워하는 기색이 없었어요. 저는 그 사내를 불러 이렇게 말했습니다.

'시냇물이 깊어 소를 타고는 건널 수가 없군요. 댁의 말이 몹시 튼튼해 뵈는데, 큰 은혜를 베풀어 주시기 바랍니다.'

사내는 우리 부부의 모습을 위아래로 한참 훑어보더니 좋다고 하고는 말을 타고 돌아와 제 아내를 태우고 시내를 건넜습니다. 저도 옷을 벗고 소를 몰며 헤엄쳐 시내를 건넜습니다. 그런데 시내를 건너와 보니 사내도 보이지 않고 아내도 보이지 않았습니다. 땅에 말굽 자국만 어지러이 남아 있을 뿐이었지요. 저는 그제야 알았습니다. 도적이 제 아내의 미모를 보고는 시내를 건네주고, 시내를 건넌 뒤에는 아내를 납치해 갔다는 걸. 아내를 잃다니! 참으로 망연자실할 뿐 어찌해야 할지 알 수 없었습니다.

집으로 가서 아내를 만날 방법을 밤낮으로 궁리했습니다. 아내를 만날 방법이란 궁벽한 산이나 바닷가 험한 곳에 있는 도적들의 소굴을 두루 찾아다니는 것밖에 없었습니다. 저는 어머니께 청하여 돈을 마련한 뒤 영호남을 돌아다니며 중국 물건을 사고파는 장사를 했습니다. 여기저기 많이도 돌아다녔지만 아내가 간 곳은 끝내 찾을 수 없었습니다. 그럴수록 아내를 찾고자 하는 제 의지는 흐트러짐 없이 더욱 굳건해졌습니다.

제 나이가 그때 열일고여덟쯤이었는데, 고향의 풍속에 따라 머리는 여전히 땋아 내리고 있었고 몸도 왜소해서, 사람들은 저를 열두어 살 정도로 봤습니다.

하루는 고개를 연이어 넘다가 길을 잃고 하루 종일 걸었습니다. 그러다 문득 숲에서 엿보니 넓은 골짜기가 열려 있는데, 성과 대궐이 우뚝하고 집들이 빽빽하게 늘어서 있으며 가로세로로 넓은 길이 나 있었습니다. 저는 그게 산채[3]임을 알아차렸습니다. 들어가 보니 사람은 한 명도 보이지 않더군요. 마침내 곧장 서너 개의 문을 통과해 들어가 중국 물건을 산다고 연이어 소리를 질렀습니다. 문득 한 여자가 둥근 창을 통해 불쑥 나오는데 옷차림이 몹시 화려했습니다. 자세히 보니 바로 제 아내였습니다.

'오늘 천행天幸으로 당신을 만났소. 일이 어찌 된 거요?'

제가 묻자 아내는 울면서 말했습니다.

'오늘 만남은 정말 천행입니다. 다행히도 지금 산적 두목이 사냥을 나갔기에 망정이지, 만일 두목이 있었다면 당신이 어떻게 나를 만날 수 있었겠어요? 하지만 두목이 돌아오면 당신은 죽은

---

3. **산채** 산적들의 소굴.

목숨이니 어찌해야 할까요?'

'어떡해야겠소?'

'여기 있다간 죽을 것이고, 나간다 한들 죽음을 면할 수 없을 텐데 어쩌면 좋을까요?'

'어찌해야 하겠소?'

'문밖에 작은 집이 있는데 그곳에 노파 한 사람이 살아요. 그 노파는 두목의 유모예요. 일단 그리로 가서 길을 잃은 아이인 것처럼 말해서 노파에게 의탁해 보세요. 노파가 두목에게 받아 달라고 하면 살 수 있을 듯싶어요. 목숨을 건진 뒤에 밖으로 나와 천천히 방도를 찾기로 해요.'

'일러 준 대로 하겠소.'

마침내 저는 그곳으로 가서 노파를 만나 말했습니다.

'길을 잃고 여기 이르렀는데 나갈 방법이 없으니 할머님께서 저를 하인으로 부려 주시면 열심히 일하겠습니다.'

노파가 저를 보고 처음에는 자못 의심하더니 이윽고 제 이야기를 듣고는 속임이 없다고 여겨 마침내 함께 살도록 허락하고 노파의 일을 맡겨 주었습니다. 저는 본래 영리하고 부지런했기에 노파의 마음에 쏙 들어서 노파는 저를 몹시 아끼며 혹시 떠나면 어쩌나 걱정할 지경이 되었습니다.

며칠 뒤 두목이 돌아온다는 소식이 들려왔습니다. 사냥에서 잡은 호랑이며 표범이며 곰이며 돼지를 앞세우고 수백 기병이 에워

싸고 왔는데 그 함성과 위의威儀가 진동하되 번잡하지 않았습니다. 노파는 이렇게 말하더군요.

'장군이 곧 올 텐데 너는 겁내지 말거라. 내가 너를 받아 주도록 잘 얘기할 테니.'

검을 든 자가 느린 걸음으로 문 앞에 와서 저를 보고는 고함을 쳤습니다.

'이 아이는 어디서 왔나? 산 밖에서 들어왔나? 외간에서 온 아이는 불길하니 검으로 목을 베리라!'

검을 든 자는 바로 두목이었습니다. 노파는 엎드려 저를 자기 몸 아래로 감싸 보호하며 큰소리로 말했어요.

'장군! 왜 이러시오? 이 아이는 길을 잃고 여기로 들어왔지 외간 사람이 들어오게 한 게 아니오. 이 아이가 벌써 정성을 다해 나를 섬기며 도리에 어긋나는 일을 하지 않겠다고 맹세했고 나는 벌써 살려 주기로 허락했거늘, 장군은 왜 이리 의심이 많소?'

저는 그때 너무나 두려워서 감히 두목을 자세히 볼 수 없었지만 대충 보기에도 그 외모는 진짜 영웅다웠습니다. 두목은 검을 내려놓고 말했습니다.

'유모 때문에 이 아이를 살려 주는 겁니다. 하지만 내 곁에 두고 잘 살펴야겠습니다.'

마침내 두목은 저를 데려가 아침저녁으로 곁에서 일을 보좌하게 했습니다. 저는 더욱 영리하고 부지런하게 움직여 두목의 마음에 꼭 들게 일했습니다. 두목도 저를 아끼게 되어 죽이려는 마음이라곤 전혀 없어졌지요. 때때로 말달리고 창칼 쓰는 방법을 가르치기까지 했는데, 제가 꽤 잘 해내자 두목은 기뻐하며 말했습니다.

'너는 자질이 훌륭하고 재주가 많구나. 내 뒤를 이어 산채의 주인이 될 자는 바로 너야. 네가 있으니 나는 이제 근심이 없다.'

그 뒤로는 가족처럼 안채를 드나들게 해 주었습니다.

두목은 어느 날 이런 말을 했습니다.

'부두목이 다른 산채에 있는데, 나를 만나러 올 것이다. 부두목이 와서 너를 보면 필시 죽여야 한다고 할 테고, 너를 죽이기 전에는 그 고집을 꺾지 않을 게다. 하지만 내가 있으니 너는 안 죽는다. 두려워 말거라.'

얼마 뒤에 두목이 경계했던 대로 두목에게 와서 인사하는 자가 있었으니, 바로 부두목이었습니다. 역시 영웅의 풍모가 두목에 버금가는 인물이었습니다. 부두목은 제가 상 아래에 있는 것을 보고 놀라 말했습니다.

'이 아이는 어디서 왔습니까?'

두목이 사정을 자세히 말하자 부두목은 검을 잡고 말했습니다.

'안 됩니다! 아이가 비록 어리지만 100리나 되는 무인지경을 지나 들어와서 두목님의 신임을 얻고 목숨을 보장받았으니, 이는 평범한 자가 할 수 있는 일이 아닙니다. 두목님은 이 아이의 눈을

한번 보십시오. 어찌 우리 무리를 위해 둘 자이겠습니까? 속히 검을 휘둘러 목을 베어야 합니다!'

두목은 책상을 내리치고 몹시 성을 내며 말했습니다.

'왜 이리 망령되이 구는가! 저 아이가 정성스러운 마음으로 내 게 왔고, 나는 정성스러운 마음으로 살려 주어서 지금은 가족처 럼 여기며 베풀어 준 은혜가 막대하거늘, 자네가 저 아이를 굳이 해치려는 이유는 대체 뭔가?'

부두목은 여전히 힘써 주장했지만 받아들여지지 않자 탄식하 며 말했습니다.

'두목께서 실수하신 겁니다. 옛날에 남자가 여자에게 미혹되어 중요한 일을 그르쳤다는 말은 들어 보았지만, 두목처럼 어린아이 에게 미혹된 경우는 듣지 못했습니다. 우리 산채도 이제 무너지 겠군요!'

그렇게 말하고는 작별하고 떠났습니다.

두목은 제게 말했습니다.

'하마터면 너를 죽일 뻔했구나.'

저는 일어나 감사의 절을 했습니다.

이러구러 제가 그곳에 들어간 지도 몇 년이 지났습니다. 겉으 로는 비록 영리하고 부지런히 일해서 두목의 환심을 얻었지만, 마음속으로는 하루도 계획을 잊은 적이 없었습니다. 규제 없이 안팎을 드나들게 되어 날마다 아내와 담소하며 예전처럼 지냈지만 혹시 낌새가 드러날까, 우리의 본색이 드러날까 싶어 남 몰래 경계했습니다. 아내 역시 저와 같은 마음이었습니다. 그랬던 까닭에 두목은 갈수록 저를 신임했지요.

두목이 주관하는 산채는 사무가 복잡하고 규모가 커서 큰 관청과 같았습니다. 군대의 기율은 엄숙했고, 상과 벌도 정확했습니다. 사방의 지형이 험준하고 경비가 삼엄하니, 제가 빈틈을 노리려 해도 마땅한 방법이 없었습니다.

어느 날 밤, 두목이 저를 데리고 안채에 들어가 조용히 이야기하다가 이렇게 말했습니다.

'너는 나를 따라가 보겠느냐? 내가 산채의 우두머리가 된 지도 벌써 여러 해가 지났다. 부대를 체계 있게 구성하고 군사들은 절도가 있지만, 오랫동안 예전의 기량을 시험해 보지 못했구나. 이제 밖으로 훌쩍 나가 내 기량을 한번 시험해 보고 싶으니, 나가 볼까 한다.'

'나가시면 어디로 가십니까?'

제가 묻자 두목은 빙그레 웃으며 말했습니다.

'이곳이 동쪽으로는 아무 군郡에 닿아 있고, 남쪽으로는 아무 강과 접해 있고, 북쪽으로는 아무 산에 이어지고, 서쪽으로는 아무 주州가 곁에 있다. 아무 군에서 여기까지는 수백 리 무인지경을 지나서야 들어올 수 있지. 하지만 산채에서 아무 주까지는 석굴石窟 안으로 난 비밀 통로가 있어서 관도⁴까지의 거리가 10리도

안 된다. 아무 주 가까이 있는 집에 가져올 만한 물건이 있는데 크지 않아서 번거롭게 군사들을 쓸 필요는 없어. 내가 검 하나를 들고 비밀 통로로 가서 직접 가져오려 하는데, 네가 나를 따라가는 게 좋겠다.'

마침내 칼집에서 검을 꺼내 갈았습니다. 두목의 검은 눈〔雪〕처럼 환하게 빛이 났고, 모양은 둥근데 사면에 칼날이 있어서 꿩의 꽁지로 만든 부채 비슷했습니다.

자정 넘어 떠나기로 약속하고, 두목은 비단으로 몸을 동여매 몸놀림을 민첩하게 할 수 있게 했습니다. 저도 두목과 같은 옷차림을 하고 칼을 들고 떠났습니다. 우리가 산채 밖으로 나가는 것을 아는 사람은 아무도 없었습니다. 산채는 고요하고 등불도 평소대로 켜져 있었지요.

몇 리를 가니 과연 석굴이 나타났습니다. 한 사람이 겨우 들어갈 크기였습니다. 칠흑 같은 한밤중이었는데, 두목이 검을 뽑아 들어 그 빛으로 저와 함께 굴을 통과했습니다. 관도로 나와 수십 걸음을 가서 아무 주의 그 집에 이르렀습니다. 우뚝 솟은 담장이 여러 겹 둘러 있더군요. 두목이 훌쩍 뛰어 담장을 넘었습니다. 저도 훌쩍 뛰어넘어 두목의 뒤를 따르니, 두목이 몹시 기뻐하며 말했습니다.

꽃꽃꽃꽃

4.**관도官道**　　나라에서 관리하는 도로.

'내 아이답구나.'

창고에 이르러 보니, 창고 문을 무쇠와 나무로 가로질러 막고 가운데에 큰 방울을 매달아 도둑을 방비하고 있었습니다. 두목은 직접 무쇠와 나무를 부수고 검으로 문에 자국을 냈는데, 자국을 낸 대로 문이 뚫어져 둥글게 구멍이 만들어졌어요. 두목은 저에게 검을 주며 말했습니다.

'너는 밖에 있다가 인기척이 들리면 곧바로 움직여라.'

두목이 마침내 들어가더니 보물을 가지고 머리를 구멍 밖으로 빼며 나오려 할 때였습니다. 미처 빠져나오지 못해 몸은 창고 안에 있고 머리만 밖으로 내밀고 있는 순간 저는 별안간 검을 들어 내리쳤습니다. 제가 내리친 검은 제대로 적중해서 두목의 머리가 떨어져 땅에 뒹굴었습니다. 저는 너무도 두려워 손을 벌벌 떨고 몸을 움츠리며 어쩔 줄 몰라했습니다. 하지만 두목이 이미 죽었으니 바라던 일을 이루어 냈다는 걸 알았지요.

두목의 검으로 빛을 비추며 비밀 통로를 통해 산채로 돌아오니 밤이 이제 막 반쯤 지나 있었습니다. 안채로 들어가서 아내를 만나 사정을 자세히 알리고는 이렇게 말했습니다.

'날이 밝기 전에 급히 떠나야겠소! 조금이라도 지체했다간 일이 발각될 테니.'

아내는 깜짝 놀라 말했습니다.

'정말이에요?'

'정말이오.'

아내는 더욱 깜짝 놀라 말했습니다.

'과연 그렇다면 떠나야지요. 마구간에 있는 좋은 말을 타고 창고에 있는 가벼운 보물을 가져가야겠어요.'

마침내 우리 부부는 비밀 통로로 탈출해서 그날로 집에 돌아가 어머니를 뵈었습니다. 헤아려 보니 벌써 3년의 세월이 흘렀더군요. 어머니는 제가 집 떠나던 날을 기일忌日로 삼고, 제가 살아서 아내와 함께 돌아오리라곤 꿈에도 생각 못하고 계셨습니다.

두목이 죽지 않으면 아내를 되찾을 수 없기에 검을 휘둘러 두목을 죽이기로 결심했던 것입니다만, 실은 제 목숨을 두목이 살려 준 것이기도 하니 그 은혜를 제가 어찌 감히 잊겠습니까? 그래서 저는 검을 내리쳐 두목을 죽인 날에 제사상을 차려 두목을 제사 지내는 일을 평생토록 폐하지 않아 왔습니다.

제가 탈출한 뒤로 산채에 어떤 일이 벌어졌는지는 모르겠습니다만, 저들의 세력이 몹시 커서 후환이 있지 않을까 염려했기에 항상 자취를 숨기고 이리저리로 옮겨 다니다가 이곳에 살며 객점을 꾸린 지도 거의 40년이 되었습니다. 이 일은 저와 아내만 알고 있고 다른 사람에게는 말한 적이 없었는데 지금에야 처음 말하는 겁니다. 이 또한 삼생[5]의 인연에 따라 생긴 헛된 일일 텐데, 이제

5.**삼생**三生  불교에서 말하는 전생前生, 현생現生, 후생後生.

다 늙은 처지에 감출 것도 없군요."

말을 마치자 노인 부부가 마주 보고 웃음 지었다. 나그네는 이야기를 듣고 몹시 놀랍고도 신기해서 밤새 깊이 잠들지 못하더니 이튿날 아침 작별하고 떠났다.


나[6]는 동강[7]의 후손에게 이 이야기를 듣고 기이하게 여겨 기록하긴 했지만, 모순된 게 한둘이 아니다. 대개 소설은 사실을 부연한 것이든 허구를 가공해 낸 것이든 따질 것 없이 모두 도청도설 道聽塗說이기 쉬우며 정밀하고 자세한 이야기에 이르기는 어렵다. 도청도설이라는 혐의가 있으면 반드시 이야기를 정밀하고 자세하게 만들려 해서, 마음대로 이야기를 꾸며 앞뒤가 맞지 않는 부분을 바로잡기도 하고 빠진 부분을 보충하기도 한다. 그러니 비록 정밀하고 자세하다 해도 사실 그대로의 기록은 아닌 것이다. 내가 기록한 것은 들은 이야기를 전하는 데에서 그치고, 앞뒤가 맞지 않는 부분은 그대로 두어 정밀하고 자세하게 꾸미지 않았다. 『춘추』에 '여름 5월'이나 '곽공' 郭公이라고만 적고 아무 기사가 없는 조목이 있는 것처럼[8] 역사서에도 내용이 빠진 경우가 있으

ꕥꕥꕥꕥ

6. **나**  작자 유만주를 말한다.
7. **동강東江**  신익전申翊全(1605~1660)의 호로 추정된다. 신익전은 영의정 신흠申欽의 아들로, 효종 때 예조참판·도승지를 지냈다. 저술로 『동강유집』東江遺集이 있다.

니, 하물며 소설이야 더 말할 나위가 있겠는가.



8. 『춘추』春秋에 '여름 5월'이나~있는 것처럼  『춘추』의 '환공桓公 14년 조條'에는 "여름 5월"〔夏五〕
   이라고만 적혀 있고 아무 기사가 없으며, '장공莊公 24년 조'에는 "곽공"郭公이라고만 적혀 있고 아
   무 기사가 없다.

# 효부와 호랑이

서경창

영남 어느 고을 민가에 한 여인이 살았는데, 그 절행節行이 매우 남달랐다. 그리하여 영남의 어른들은 지금까지 오륙십 년이 지나도록 마치 어제 일인 양 여인의 덕성을 찬미한다. 나도 영남 사람에게 그 이야기를 들었는데, 고을 이름과 여인의 성씨는 잊었다.

여인은 시집간 지 몇 년 만에 남편을 잃었다. 남편의 형제도, 슬하의 자식도 없이 집은 매우 가난했고, 늙은 시아버지만 있었다. 시아버지는 아들이 죽은 뒤 곧이어 실명하고 말았다.

남편은 병들어 죽음을 눈앞에 두었을 때 아내에게 말했었다.

"내가 죽고 나면 아버지가 기댈 곳이 없으니, 당신이 아니면 누가 모시겠소?"

여인은 말했다.

"제가 있으니 걱정 마세요."

남편이 죽은 뒤 여인은 너무도 슬픈 나머지 스스로 목숨을 끊고 싶었다. 그러다 불현듯 이런 생각이 들었다.

'내가 죽으면 아버님도 틀림없이 자결하실 거야. 그렇다면 이건 죽은 남편의 부탁을 저버리는 일이야.'

여인은 억지로 미음을 먹었다.

여인은 남편의 장례를 치르자마자 남의 집에 품팔이를 해서 시아버지의 아침저녁 밥상을 올렸다. 지극한 효성이 한결같아 나태한 법이 없었다.

여인의 친정은 시집에서 30리쯤 떨어진 곳에 있었다. 부모 형제가 구존했고 집도 꽤 부유했다. 여인은 그 집 막내딸이었다. 부모는 딸의 처지가 안타까워 매번 옷가지며 먹을거리를 대 주었다. 부모가 친정에 자주 왕래하라고 하면 여인은 그때마다 시아버지를 모실 사람이 없다며 거절했다. 간혹 친정에 가면 어머니가 울며 말했다.

"네 외로운 처지를 생각하면 내가 죽어서도 눈을 감지 못하겠다. 내 말을 따라서 내가 눈을 감을 수 있게 해 주면 안 되겠니?"

"죽은 남편이 시아버님을 부탁했어요. 제가 죽지 않은 건 시아버님을 모시기 위해서예요. 차라리 죽을지언정 차마 다른 뜻을 가질 순 없어요."

딸이 그렇게 말하면 어머니는 화를 냈다. 이런 일이 여러 차례 거듭되자 결국 여인은 친정에 발길을 끊었다. 부모도 옷가지며 먹을거리 대 주는 일을 끊고, 딸이 가난에 못 이겨 뜻을 굽히기를 기다리며 몇 년 동안 딸의 얼굴을 보지 않았다.

그러나 어머니는 딸을 걱정하는 마음 때문에 밤에 잠을 이루지 못하다가 거의 병이 날 지경에 이르렀다. 어느 날 갑자기 딸에게 사람을 보내 말을 전했다.

"아버지 병환이 매우 위독한데, 딸을 못 만난 게 깊은 한이 되었기 때문이다. 오늘을 넘기면 임종을 못할 거야."

여인은 울며 시아버지에게 사정을 알리고는 나흘치 식사를 시아버지 곁에 두고 말했다.

"나흘 뒤에는 돌아오겠습니다."

아버지의 병이 심해서 정말 불행한 일이 생기면 성복[1]하는 날에 돌아올 생각이었다. 시아버지도 울며 며느리를 보냈다.

여인이 친정에 가니 온 집안이 편안했다. 어머니를 뵙고 문안 인사를 한 뒤에 물었다.

"아버지는 어디 계세요?"

"지금은 병세가 조금 나아져서 시험 삼아 걸어 보려고 이웃집에 나가셨단다."

잠시 후에 아버지가 집으로 돌아오는데 모습이 평상시와 똑같았다. 딸은 속았다는 걸 알았지만 이미 날이 저물어서 돌아가야 할지 묵어야 할지 결정하지 못했다. 어머니는 아버지와 함께 앉

---

1.**성복成服**  상을 당하여 초종初終·습襲·소렴小斂·대렴大斂의 절차를 마친 뒤 상복으로 갈아입는 일. 대렴의 다음 날, 즉 상을 당한 지 4일 만에 행한다.

아 딸에게 말했다.

"오늘 신랑이 올 거야. 네가 또 내 말을 듣지 않으면 나는 네 앞에서 죽고 말 테다."

그러고는 새 옷을 억지로 갈아입으라며 몹시 다급하게 을러댔다. 딸은 달리 방책이 없어서 새 옷을 입으며 천천히 말했다.

"부모님 엄명이 이러시니 힘껏 따를게요."

어머니가 딸의 등을 어루만지며 말했다.

"내 딸아, 내 딸아! 이제야 효녀라고 할 수 있겠구나."

부모 형제가 모두 기뻐했다. 딸은 어머니에게 청했다.

"몸에 때가 가득하니 목욕한 뒤에 새 옷을 입을게요."

어머니는 즉시 부엌에 들어가 몸소 목욕물을 끓여 주었다. 딸은 집 뒤의 울타리 안으로 가서 손으로 목욕물을 쳐서 목욕하는 소리를 냈다. 그러면서 새 옷을 벗고 원래 입었던 옷으로 갈아입은 뒤 울타리를 뚫고 달아났다. 부모는 여전히 딸을 믿어 의심치 않았다.

여인이 간신히 몇 리쯤 달아나 왔을 때였다. 커다란 호랑이 한 마리가 길을 막고 앉아 있는 게 아닌가. 여인은 성난 목소리로 꾸짖었다.

"내 도리가 틀렸니? 부모님이 내 마음을 모르고 내 뜻을 빼앗으려 하시기에 일이 급박해서 도망쳐 시댁으로 돌아가는 것인데, 내 도리가 틀렸니? 틀렸다면 나를 죽여라!"

그러고는 호랑이를 향해 앞으로 나아갔다. 호랑이가 마침내 몸을 돌려 가는데 걸음이 몹시 느릿느릿했다. 여인은 호랑이를 따라가며 말했다.

"밤이 칠흑같이 어두워 길을 분간하지 못하겠다. 필시 나를 뒤쫓는 사람이 있을 텐데, 네가 길을 인도해 준다면 빨리 갈 수 있지 않겠니?"

그러자 호랑이가 날 듯이 달리기 시작했다. 여인은 온 힘을 다해 그 뒤를 따랐다. 호랑이가 한곳에 이르렀다. 바로 시집 문 앞이었다. 문을 열고 들어가니 시아버지가 물었다.

"누가 왔나?"

"제가 왔습니다."

"왜 바로 돌아왔느냐?"

여인은 그 이유를 자세히 말하고, 또 호랑이가 앞에서 길을 인도하여 집까지 오게 된 사정을 말했다. 시아버지는 그 말을 듣고 감격해서 눈물을 줄줄 흘렸다.

이때 여인의 친정에는 신랑이 도착해 벌써 방에 들어와 있었다. 밤이 깊어 가자 딸의 목욕이 너무 더딘 게 걱정되어 어머니가 나가 보니 딸은 이미 그 자리에 없었다. 딸이 달아난 걸 알아차리고 급히 사람들을 시켜 횃불을 들고 뒤쫓게 했다. 그러나 뒤쫓아 간 사람들은 커다란 호랑이가 여인의 시집 문 앞을 지키고 있는 것을 보고 놀라 달아났다.

여인은 시아버지를 위로하여 눈물을 그치게 한 뒤 문밖으로 나와 호랑이에게 말했다.

"네가 나를 위해 길을 가르쳐 주었지만 나는 네게 보답할 만한 게 없구나. 지금 우리 집에 있는 거라곤 개 한 마리뿐이다. 이것으로 주린 배를 채우고, 이 마을에 있는 함정에 빠지지 않도록 조심해라."

개를 몰아서 내보내자 호랑이가 즉시 먹고 떠났다. 여인은 잠자리에 들었다.

새벽에 마을에서 외침 소리가 들렸다.

"호랑이가 함정에 빠졌다!"

마을 사람들이 일제히 나왔다. 여인은 밤에 왔던 호랑이라는 걸 직감하고 시아버지에게 말했다.

"저 호랑이는 짐승이고, 저는 사람입니다. 호랑이가 저를 살려 주었거늘 제가 호랑이를 살려 보답하지 않는다면 사람이 짐승보다 못한 게 아니겠습니까?"

"훌륭한 말이다만 살릴 방법이 없구나."

"마을 사람들에게 가서 간청해야겠습니다."

"네가 가겠다면 나도 따라가마."

시아버지가 지팡이를 짚고 나서자 여인이 지팡이를 이끌며 함께 앞으로 나아갔다. 사립문을 나서자 만나는 사람마다 모두 말했다.

“어르신, 어디 가십니까?”

“우리 며늘아기가 호랑이를 구해서 은혜를 갚으려 한다기에 같이 가는 걸세.”

이야기를 들은 사람들이 전하고 또 전해서 시아버지가 길을 나서서 반쯤 갔을 때는 아무개 집 며느리가 호랑이를 구하려 한다는 이야기가 이미 함정 주변에 쫙 퍼졌다. 무슨 일인지 구경하러 나온 사람들이 담처럼 빙 둘러섰다. 여인은 함정 앞에 이르러 마을 어른들에게 말했다.

“간밤에 이 호랑이가 제 목숨을 살려 주었습니다. 호랑이를 구해서 꼭 은혜에 보답하고 싶은데, 어르신들의 의견이 어떤지 감히 여쭙니다.”

사람들이 말했다.

“허튼소리 말게! 호랑이가 함정에 빠졌는데, 꺼내 주면 사람들을 해치지 않겠나. 또 살려 주려 한들 누가 저 안에 들어가서 끌어낸단 말인가?”

여인은 말했다.

“살려 주기로 허락만 해 주시면 제가 들어가겠습니다. 호랑이가 만약 사람을 해친다면 저를 해치지 누구를 해치겠습니까?”

그러자 사람들이 허락했다.

여인은 함정 안으로 들어가 호랑이에게 말했다.

“너는 신령한 짐승인데, 어젯밤 내 말을 들었으면서 왜 이 안에 들어왔니?"

호랑이는 머리를 숙이고 여인의 말을 경청하는 모양을 지어 보였다.

"네가 나를 살려 준 은혜가 있기에 사람들에게 간청해서 사람들이 너를 살려 주는 걸 허락했단다. 함정에서 나간 뒤에 혹시라도 사람을 해치지 말고 멀리 깊은 산으로 달아나야 한다."

여인은 호랑이를 어루만지며 함정 밖으로 끌어냈다. 호랑이는 즉시 산기슭을 향해 달리더니 별안간 보이지 않았다.

시아버지는 함정 밖의 조금 높은 곳에서 이웃 사람과 함께 함정 안을 내려다보고 있었다. 시아버지는 눈이 멀어서 며느리의 움직임을 볼 수 없었기에 이웃 사람이 하는 말에 의지해서 사정을 짐작했다. 이웃 사람이 처음에 "함정에 들어갑니다" 하더니 또 "호랑이를 어루만지네요"라고 했다. 시아버지는 그때마다 발을 구르며 마구 고함을 쳤다.

"이게 뭔 말이냐! 이게 뭔 말이냐!"

호랑이를 함정 밖으로 끌어내기에 이르자 시아버지는 또 이웃 사람의 말을 듣고 직접 손가락으로 가리키며 말했다.

"호랑이가 과연 저리로 달아난다!"

그러면서 두 눈이 문득 환히 보이는 것이었다. 사람들은 모두 신기한 일이라 여겨 이 일을 관아에 알렸다. 관아에서 다시 감사 監司에게 보고하고 감사는 조정에 보고하여 마침내 여인의 집에

정문[2]을 세워 주었다.

여인의 친정에서는 딸의 마음을 빼앗을 수 없다는 걸 알고 다시 예전처럼 필요한 물품을 대 주었다.

아아! 한 사람이 이처럼 드높은 효와 열烈을 겸비한 예는 실로 옛날에도 드물다. 호랑이가 길을 안내해 주고 함정에 빠진 일, 눈먼 시아버지가 다시 눈을 뜨게 된 일은 모두 하늘이 여인의 지극한 정성에 감동하여 여인의 현숙함을 빛나게 하기 위해 한 일이 아니겠는가? 여인은 숙종肅宗 말년에 태어나 영조英祖 말년에 죽었다고 한다.

꿍꿍꿍꿍

2.**정문旌門**  충신·효자·열녀를 표창하기 위하여 그 집 앞에 세우던 붉은 문.

# 과부

이희평

재상의 딸이 결혼한 지 1년도 못 되어 남편을 잃고 부모에게 돌아와 과부로 지내고 있었다. 하루는 재상이 외출했다 돌아와 보니, 딸이 아랫방에서 곱게 화장을 하고 화려한 옷을 차려입고는 거울에 제 모습을 비춰 보고 있는 것이었다. 이윽고 딸은 거울을 내던지더니 얼굴을 가리고 엉엉 소리 내어 울었다. 재상은 그 모습을 보고 몹시 측은한 마음이 들어 밖에 나와 앉아 한참 동안이나 말이 없었다.

재상 집에 출입하는 친지 중에 무인 한 사람이 있었다. 건장한 이 젊은이는 집도 없고 아내도 없는 처지였다. 마침 이 젊은이가 찾아와 절하며 안부를 물었다. 재상은 다른 사람들을 물리치고 젊은이와 단둘이 앉아 말했다.

"자네 신세가 이처럼 몹시 곤궁한데, 내 사위가 되어 주지 않겠나?"

젊은이는 당황하여 몸을 움츠리며 말했다.

"이 무슨 말씀이십니까? 말씀하시는 뜻을 잘 몰라 감히 따르지 못하겠습니다."

"농담하는 게 아닐세."

재상은 상자에서 은화 한 뭉치를 꺼내 주며 말했다.

"이걸 가지고 가서 튼튼한 말과 가마를 세내어 대령하고 있다가 파루[1] 뒤에 우리 집 뒷문 밖에 와서 기다리고 있게. 절대로 시간을 어기면 안 되네."

젊은이는 반신반의하며 일단 은화를 받고 나와서 재상의 말대로 가마와 말을 준비하고는 뒷문에서 기다렸다. 어둠 속에서 재상이 한 여인을 데리고 나와 가마 안으로 들게 하고는 이렇게 분부했다.

"곧장 북관北關(함경북도)으로 가서 살게!"

젊은이는 무슨 곡절인지도 모르는 채 가마를 따라 도성을 나섰다.

재상은 안방으로 들어가 곡하며 말했다.

"내 딸이 자결했다!"

집안사람들은 놀라고 당황하여 모두 슬피 울며 초상난 사실을 알렸다. 재상은 또 말했다.

---

1. **파루**罷漏　5경更 3점點에 큰 쇠북을 서른세 번 쳐서 야간 통행금지를 해제하던 일. '점'點은 1경更을 다섯으로 나눈 시간 단위로, 5경 3점은 새벽 4시 무렵이다.

“내 딸은 평생 자기 모습을 남에게 보이고 싶어하지 않았으니 내가 직접 염습斂襲을 하겠다. 오빠도 들어와 보지 않도록 해라.”

그러고는 홀로 이불을 둘둘 말아 시체 모양을 만들더니 그 위에 이불을 덮은 다음, 그제야 시댁에 소식을 전했다. 입관入棺한 뒤에는 시댁의 선산先山으로 보내 장례를 치렀다.

몇 년 뒤 재상의 아들이 암행어사가 되어 북관을 시찰하다가 한 고을에 이르렀다. 묵을 곳을 찾아 어느 집에 들어가니 주인이 나와 맞이했다. 그 곁에서 두 아이가 책을 읽고 있는데, 청수淸秀한 얼굴이 자기 가족의 얼굴과 퍽 닮아 보였다. 참으로 이상한 일이라 생각했지만 날도 이미 저물었고 피곤하기도 해서 그대로 머물러 묵었다.

깊은 밤에 문득 안에서 한 여인이 나오더니 암행어사의 손을 잡고 울었다. 놀라 자세히 보니 바로 죽은 누이동생이었다. 놀라움과 의아함을 이기지 못하고 까닭을 물으니 누이가 말했다.

“아버지의 분부를 받아 여기에 와 살며 벌써 아들 둘을 두었어요. 아까 보신 아이들이 바로 제 아들이에요.”

암행어사는 입이 딱 붙어 한참 동안 말을 하지 못했다. 뭔가 말을 하려다가도 속에서 가로막아 말을 꺼낼 수 없었다. 그렇게 있다가 새벽이 되자마자 작별하고 떠났다.

암행어사는 조정에 돌아와 시찰 결과를 보고하고 집으로 돌아왔다. 밤에 아버지를 모시고 앉아 있다가 조용한 때를 틈타 소리를 낮추어 말했다.

"이번에 나갔다가 괴이한 일이 있었습니다."

그러자 재상은 눈을 부릅뜨고 아들을 노려보며 아무 말도 하지 않았다. 아들은 감히 발설하지 못하고 물러나왔다. 그 재상의 이름은 여기에 기록하지 않는다.

# 선천 기생

이희평

옥계 노진[1]은 어려서 아버지를 여의고 집이 가난했기에, 남원에 살면서 나이가 이미 찼지만 결혼하지 못했다. 노진의 당숙이 무관武官으로 당시에 평안도 선천 고을의 수령을 지내고 있었다. 노진의 어머니는 노진에게 선천으로 가서 혼례 비용을 좀 얻어 오라고 했다.

노진은 떠꺼머리 모습 그대로 하염없이 걸어 선천에 이르렀다. 관아 문지기가 들여보내 주지 않고 기다리라 하자 길에서 서성이고 있었다. 때마침 새 옷을 곱게 차려입은 나이 어린 기녀 하나가 그 앞을 지나가다 걸음을 멈추고 서서 노진을 자세히 살펴보더니 이렇게 물었다.

"도련님은 어디서 오셨어요?"

1. 옥계玉溪 노진盧禛  노진(1518~1578)은 선조宣祖 때의 문신으로, '옥계'는 그 호이다. 경상도 관찰사, 대사헌, 예조판서를 지냈다.

노진이 사실대로 말하자 기녀가 말했다.

“아무 고을 몇 번째 집이 저희 집인데, 여기서 멀지 않답니다. 꼭 저희 집에서 묵도록 하세요.”

노진은 그러마고 대답했다.

노진은 간신히 관아 문으로 들어가 당숙을 만났다. 선천에 온 이유를 말하자 당숙은 얼굴을 찌푸렸다.

“이곳에 부임한 지 얼마 안 됐는데, 관아 빚이 산더미처럼 쌓여서 걱정이 태산이구나.”

그렇게 말하며 몹시 쌀쌀맞게 대하는 것이었다.

노진은 다른 곳에 나가 묵겠다고 하고는 관아 문을 나서 곧장 기녀의 집을 찾아갔다. 기녀가 반갑게 웃으며 맞이하더니 그 어미더러 저녁밥을 정갈하게 차려 올리게 했다. 밤에 잠자리를 함께하고는 기녀가 말했다.

“제 생각에 우리 고을 사또는 씀씀이 규모가 매우 작아서 가까운 친척 간이라 해도 혼수 비용을 보태 줄지 의문이에요. 제가 보기에 도련님의 기골이나 얼굴은 크게 출세할 상相인데, 굳이 남에게 구걸할 필요가 뭐 있겠어요? 제가 모아 둔 은화 500냥이 있으니 며칠 여기 머무세요. 관아에는 다시 가지 마시고, 그냥 이 돈을 가지고 댁으로 곧장 돌아가시면 됩니다.”

노진이 그럴 수 없다며 말했다.

“행동이 그리 소홀해서야 당숙의 질책을 받지 않겠나?”

"도련님은 가까운 친척 간의 정을 믿고 계시지만, 친척을 어찌 믿을 수 있겠습니까? 며칠 머물러 보아야 좋아하지 않는 눈치나 받을 뿐이요, 돌아갈 때는 고작 수십 냥 노잣돈이나 받으실 텐데, 그 정도 돈으로 무슨 일을 하시겠어요? 여기서 곧장 댁으로 가시는 게 나아요."

노진은 그날 이후 낮에는 당숙을 찾아가 만나고, 밤이면 관아에서 나와 기녀의 집에서 잤다.

어느 날 밤 기녀가 등잔불 아래서 행장을 꾸리며 은화를 꺼내 보자기로 쌌다. 새벽이 되자 마구간에서 좋은 말 한 필을 끌고 와 짐을 싣고는 어서 출발하라며 이렇게 말했다.

"도련님은 10년 안에 분명히 높은 벼슬을 하실 거예요. 저는 몸을 깨끗이 지키며 기다릴 것이니, 다시 만날 기약은 오직 이 한 길뿐입니다. 부디 몸조심하세요!"

그리고는 두 줄기 눈물로 옷을 적셨다. 노진 역시 서글픈 마음으로 출발하며 당숙에게는 작별인사도 하지 않고 떠났다.

이튿날 사또는 노진이 벌써 떠났다는 소식을 듣고 노진의 건방진 행동을 괴상하게 여기면서도 속으로는 조금도 돈을 쓰지 않았다는 생각에 불만을 느끼지 않았다.

노진은 출발한 지 며칠 만에 무사히 집에 돌아왔다. 결혼을 하고 살림을 잘해서 의식 걱정일랑 조금도 없었다. 이에 각고의 노력으로 공부해서 사오 년 뒤 과거에 급제했고, 임금의 총애를 받아 얼마 뒤에 암행어사로서 평안도를 순시하게 되었다.

노진은 기녀를 보고 싶은 마음에 당장 기녀의 집을 찾아갔다. 기녀의 어미가 홀로 있다가 노진의 얼굴을 알아보고는 소매를 붙잡고 울며 말했다.

"내 딸은 서방님 떠나시던 날에 집을 버리고 도망갔어요. 간 곳도 모르는 채 그 뒤로 소식이 영영 끊어져 벌써 몇 년이 흘렀군요. 저는 밤낮으로 딸 생각에 눈물 마를 날이 없답니다."

노진은 망연자실하여 이렇게 생각했다.

'내가 여기 온 건 오직 그 사람을 만나기 위해선데, 지금 그림자조차 볼 수 없으니 낙담 천만이로구나. 그 사람은 분명 나를 위해 자취를 감추었을 게야.'

그러고는 물었다.

"따님이 떠난 뒤로 살아 있다는 소식도 못 들었소?"

"요사이 성천[2]의 어떤 절에 있다는 소문이 있었는데, 종적을 완전히 감춰서 얼굴을 본 사람은 아무도 없다고 합디다. 하지만 소문을 어디 믿을 수 있나요. 저는 늙어서 기력이 쇠했고, 집에 남자가 없어 찾아가 볼 수가 없었어요."

노진이 그 말을 듣고는 곧장 성천으로 가서 그 지역의 절을 두루 다니며 샅샅이 찾아보았지만 끝내 기녀를 찾지 못했다. 그러

---

2. **성천成川** 평안남도의 군郡 이름.

다가 한 절에 이르러 보니 절 뒤로 천 길 낭떠러지가 있고 그 위에 작은 암자 하나가 있었다. 몹시 험준한 바위산이라 발 디딜 곳이 없었다. 노진은 넝쿨이며 등나무를 잡고 간신히 바위산을 올라갔다.

암자에 오르니 두어 명의 승려가 있었다. 기녀의 행방을 묻자 그들은 이렇게 말했다.

"사오 년 전에 스무 살 가까이 된 여인이 와서 예불하는 수좌[3]에게 아침저녁 밥값이라며 약간의 돈을 주었습니다. 여인은 늘 불상 앞의 탁자 아래 엎드린 채 머리를 풀어 얼굴을 가리고 지냈습니다. 아침밥과 저녁밥은 창틈으로 들여보내게 하고, 대소변을 볼 때나 잠시 문밖에 나왔다가 곧바로 들어갑니다. 사오 년을 한결같이 그렇게 지내 왔습니다. 저희는 모두 여인이 보살이나 생불生佛이라 여겨 감히 가까이 다가가지 못하고 있습니다."

노진은 여인이 바로 기녀임을 알아채고, 수좌에게 창틈으로 이렇게 말을 전하게 했다.

"남원의 노도령盧都令이 낭자를 보고 싶은 일념으로 왔으니, 문을 열고 나와 맞이하는 게 어떻겠소?"

여인은 수좌를 통해 물었다.

"노도령이 오셨다면 과거 급제를 하셨습니까, 못하셨습니까?"

3. **수좌首座** 상좌승上座僧.

노진은 과거 급제해서 지금 암행어사가 되어 왔다고 말했다. 그러자 여인은 말했다.

"제가 여러 해 동안 자취를 감추고 고생한 것은 모두 서방님을 위해서였습니다. 어찌 기쁜 마음으로 곧바로 나가 맞이하고 싶지 않겠습니까마는, 여러 해 동안 숨어 사느라 귀신 같아진 몰골을 갑자기 서방님 앞에 드러내기 곤란합니다. 저를 위해 10여 일 머물러 주시면 깨끗하게 씻고 단장해서 예전 모습을 회복한 뒤에 만나겠습니다."

노진은 그 말대로 암자에 머물렀다. 며칠 뒤 여인이 곱게 단장하고 옷을 잘 차려입은 뒤 나와서 노진과 만났다. 두 사람이 손을 맞잡으니 슬픔과 기쁨이 동시에 밀려왔다. 암자의 승려들은 그제야 두 사람의 사연을 알고 감탄해 마지않았다.

노진은 성천 관아에 연락하여 가마와 말을 빌린 다음 여인을 태워 선천으로 보내 그 어미와 만나게 했다. 노진은 임무를 마치고 조정에 돌아와 보고한 뒤 선천으로 하인과 말을 보내 여인을 데리고 와 함께 살며 평생토록 사랑하고 아꼈다고 한다.

● 

# 바뀐 신랑

이원명

상서 이안눌[1]은 호가 동악東岳으로, 용모가 아름답고 성품이 온화했으며, 어릴 적부터 시를 잘 짓기로 명성이 높았다.

이안눌이 혼례를 치른 날은 마침 정월 대보름날이었다. 밤이 되자 여러 소년과 함께 종로에서 종소리를 들으며 달빛 아래 밤거리를 거닐었다.

밤이 깊어 친구들이 모두 흩어졌다. 이안눌은 홀로 처가를 향해 갔다. 필동[2] 앞길을 지나다가 취기를 이기지 못해 땅에 쓰러져 잠이 들었다.

마침 여종 하나가 푸른 도포에 초립을 쓴 소년이 길가에 드러누워 드르렁드르렁 코를 골며 자고 있는 것을 보고는 집으로 달려 들어가 알렸다. 그 집에서는 사위를 맞고 며칠 만에 신랑이 놀

---

1. **상서尙書 이안눌李安訥**　이안눌(1571~1637)은 광해군·인조 때의 문신이자 당대의 대표적인 시인이었다. '상서'는 판서判書를 말하는데, 이안눌이 예조판서를 지냈기에 한 말이다.
2. **필동筆洞**　서울시 중구의 동洞 이름.

러 나가 돌아오지 않자 노심초사 기다리고 있었다. 그러던 차에 이 소식을 듣고는 깜짝 놀라서 급히 여종으로 하여금 수놓은 저고리로 감싸 업어 오게 했다. 그러고는 까마귀인지 봉황인지 살펴지도 않고 곧바로 소년을 신방에 들였다.

그때 신방에는 난초 향기와 사향麝香이 가득하고, 붉은 밀랍 초는 다 타서 신부의 향기만 맡을 수 있을 뿐 꽃다운 얼굴은 볼 수 없었다. 이안눌이 몽롱한 중에 얼핏 보니 비단 이불에 화려하게 장식한 베개가 놓였고, 곁에는 미인이 있었다. 그래서 오늘이 신방에서 화촉을 밝히는 밤이요, 월하노인이 붉은 실로 부부의 인연을 맺어 주는 날인가 보다 싶어 '오늘 밤은 어떤 밤이기에 이리도 아름다운 사람을 만나게 되었을까?'[3]라고 묻지도 않고, 마침내 운우雲雨의 정을 나누며 신선 세계에 노니는 꿈을 이루었다.

새벽이 되어서야 술이 깼다. 눈을 들어 보니 여기는 대체 누구의 방인가? 놀라움과 의심이 가득해서 신부를 깨워 일으키니, 신부는 쪽 진 머리를 풀어 늘어뜨리고 두 뺨을 발그레 물들인 채 다만 부끄러운 마음에 얼굴을 숙이고 있을 따름이었다.

이안눌이 물었다.

"여기는 뉘 댁입니까? 내가 어떻게 여기로 오게 됐는지요?"

신부는 깜짝 놀라더니 도리어 꼬치꼬치 사정을 캐물었고, 이안눌은 자세히 대답했다. 그러는 사이 두 사람은 모두 경악을 금치 못하며 할 말을 잃었다.

"나는 꽃을 엿보는 나비가 아닌데, 별안간 그물에 걸린 기러기 신세가 되고 말았군요. 일부러 한 일은 아니지만 이 댁 주인이 아시면 내 목숨이 위태로울 텐데, 그대는 나를 어찌하시려오?"

신부가 한참 동안 골똘히 생각하더니 눈물을 펑펑 흘리며 말했다.

"오늘밤은 제가 혼인한 지 사흘째 되는 날이었습니다. 마침 달거리가 있어 미처 잠자리를 함께하지 못하고 있던 터에 서방님은 달구경을 하러 나가셨지요. 밤이 깊도록 서방님이 돌아오시지 않자 하인들이 착각하고 공을 이리로 모셔 와서 잠자리를 함께하기에 이르렀으니, 이것은 하늘이 정한 운명입니다. 여자의 행실로 말한다면 저는 죽어야 옳습니다. 다만 저희 집은 여러 대 동안 역관譯官을 지내며 모은 재산이 퍽 많은데, 부모님 슬하에 저 하나뿐이어서 부모님은 저를 손바닥 위의 진주처럼 애지중지 키우셨어요. 그러다가 이제 좋은 집안의 사위를 얻어 노후를 의지하며 뒤를 잇게 할 계획이었지요. 제가 죽는다면 부모님은 너무도 슬픈 나머지 살아가실 수 없을 게 분명한데, 제가 어찌 부모님께 슬픔을 끼칠 수 있겠습니까? 이런 생각을 하니 가슴속이 찢어지는 것 같습니다. 또 어젯밤 꿈에 황룡黃龍이 방으로 들어와 꿈틀거리며 제 잠자리를 빙 두르는데, 그 이마에 '이동악'李東岳 세 글자가 있었습니다. 한 노인이 글자를 가리키며 저에게 이렇게 말하더군요.

'이 사람이 바로 네 남편이다. 함께 많은 복을 누릴 것이다.'

깜짝 놀라 잠에서 깨고는 이상한 꿈이라고 생각했는데, 지금 공의 성이 이씨라는 말씀을 듣고 보니, 꿈과 딱 맞아떨어집니다. 삼생三生의 인연을 순순히 받아들이지 않는다면 반드시 후회하게 될 테니, 정도正道는 아니지만 공을 따르며 곁에서 모시고 또 노부모를 봉양하며 타고난 명대로 살다가 죽었으면 합니다. 제 보잘것없는 어리석은 생각은 그렇습니다.”

이안눌은 용꿈 이야기를 듣고 몹시 기뻐하며 ‘동악’을 자신의 호로 삼기로 하고 여인에게 말했다.

“나는 향을 훔치는 버릇⁴이 없고, 그대는 뽕나무 숲에서 만나는 행실⁵이 없거늘, 오늘의 계책은 권도⁶를 따르는 게 좋겠소. 다만 우리 집 법도가 엄하고 내가 아직 약관의 나이도 못 되었으니, 갑자기 소실을 둔다면 처첩 간의 다툼이 있을 뿐 아니라 요란한 비방이 있을 텐데 이를 장차 어찌하면 좋겠소?”

---

4. **향을 훔치는 버릇**  남녀의 사통私通을 일컫는 말. 진晉나라의 고관인 가충賈充의 딸 가오賈午가 아버지에게 선물받은 외국산의 고급 향香을 한수韓壽에게 주고 그와 사통했는데, 훗날 한수의 옷에서 나는 향기 때문에 두 사람의 관계가 발각되었던 고사에서 유래한다.
5. **뽕나무 숲에서 만나는 행실**  『시경』詩經 용풍鄘風 「상중」桑中에서 유래하여 남녀의 음란한 만남을 일컫는 말.
6. **권도權道**  형편에 따라 임기응변으로 일을 처리하는 방도.

"그건 걱정 마세요. 고모님이나 이모님 쪽 친척 중에 혹시 저를 숨겨 주실 만한 분이 계신지요?"

"계시오."

"그러면 밤은 짧고 할 이야기는 길어서 남들이 우리를 엿볼지 모르니 어서 일어나 함께 그 댁으로 가서 저를 숨겨 주세요. 종적을 완전히 감춰서 양쪽 집안 아무도 알지 못하게 해야 합니다. 공은 머잖아 반드시 벼슬길에 오르실 테니, 과거 급제한 뒤에 양가 부모님께 사실대로 고하면 잘못을 용서하시고 그 사정을 슬피 여기실 듯해요. 그러면 비로소 구애됨 없이 함께 살 수 있을 겁니다."

"내 생각도 그렇소."

이윽고 새벽종[7]이 울렸다. 집안사람들 모두 깊이 잠들어 안팎이 고요했다. 여인은 비녀와 귀고리와 머리에 꽂은 장식을 풀고는 붉은 비단 이불깃 한 폭을 잘라 내더니 말했다.

"이걸 쓸 때가 있을 거예요."

여인은 머리 장식 없이 평상복 차림으로 동악을 따라 문을 나섰다. 동악은 여인을 데리고 곧장 아무 고을에 사는 이모 집으로 달려갔다. 이모는 과부로 지내고 있어서 집이 몹시 조용했다. 동악이 사정을 자세히 말하자, 이모는 웃으며 여인을 정성스럽게



7. **새벽종** 파루종. 5경 3점에 서른세 번 쳐서 통금 해제를 알리던 종.

대접했다. 그리하여 여인은 그 집에서 바느질을 도우며 모녀간처럼 서로 의지하고 살았다.

여인의 집 식구들이 아침에 일어나 보니, 신방에 사람이 없고 비단 휘장이 반쯤 걷혀 있으며 비단 이불이 어지럽게 펼쳐져 있을 뿐이었다. 딸과 사위가 모두 어디로 갔는지 알 수 없어 몹시 놀라고 해괴해하다가 사위의 집에 찾아가 보고는 비로소 딸이 가짜 신랑과 달아난 것을 알아차렸다. 그 일을 숨기려고 딸이 몹쓸 병에 걸려 죽었다고 소문을 낸 뒤 빈 관으로 가짜 장례를 지냈다.

동악은 본래 재주가 있던 데다 과거 공부를 열심히 해서 몇 년이 지나지 않아 과거에 높은 성적으로 합격했다. 그제야 집에 사정을 알리고 소실을 데려오니, 온 집안사람들이 여인의 자태를 칭찬하고 여인의 지혜를 신기하게 여겼으며, 또한 동악의 기이한 인연을 일컬으며 일 처리를 잘한 것에 감탄했다. 마침내 소실의 집에 소식을 전하게 하니, 소실은 붉은 비단 이불깃을 주어 보내며 말했다.

"이걸 증거로 삼으세요. 이건 특이한 비단으로, 오래전 저희 조상께서 북경北京에 가셨을 때 황제가 하사하신 것입니다. 저희 집에만 있는 물건인데, 혼례 때 이불깃으로 만들어 쓴답니다. 저희 집에서 이 비단을 보면 틀림없이 믿을 것이니, 신원평[8]의 속임수라는 질책을 면할 수 있을 거예요."

마침내 그 말대로 했다. 여인의 부모가 와서 딸을 만나니 슬픔

과 기쁨이 한꺼번에 밀려왔다. 또 동악을 보니 참으로 재상의 풍
채여서 그동안의 일을 자세히 듣고는 시종 감탄하며 말했다.

"이건 모두 하늘이 정한 일이네. 우리 노부부가 후사를 맡길 곳
을 얻었으니 참으로 다행일세."

그 집은 아들이 없어서 집이며 노비며 모든 재산을 딸에게 주
니 동악은 일약 나라 안의 거부가 되었다. 여인은 어질고 지혜로
워서 남편을 잘 받들고 가산을 잘 다스렸으며 자손이 번성했다.
그 덕택에 동악의 집은 부유했는데, 필동의 저택[9]이 대대로 유명
하다.


외사씨[10]는 말한다.

"부부 사이는 인륜 중에서도 중요한 것인데, 참으로 하늘이 정
한 연분이 있어 이미 혼인한 뒤에 다른 사람을 잘못 데려와 잠자
리를 같이했으니, 조물주의 장난인 듯하다. 이 무슨 이치일까?
여인이 죽지 않고 권도權道를 따른 것은 꿈이 있어 하늘을 거스르
기 어려웠기 때문인데, 그 사정이 애처롭다. 그러니 옛일을 논하

---

8. 신원평新垣平  한나라 문제文帝 때의 술사術士로, 문제를 현혹하다가 그 속임수가 발각되어 죽임을
당했다.
9. 필동筆洞의 저택  이안눌의 집은 지금의 서울시 중구 필동3가 동국대학교 자리 안에 있었다.
10. 외사씨外史氏  작자인 이원명이 자신을 지칭한 말. '외사'란 사관史官이 아닌 사람이 기록한 역사,
곧 야사野史를 말한다. 외사를 기록한 사람이 자신을 가리켜 '외사씨'라고 한다.

는 선비는 반드시 그녀를 용서해 주어야 할 것이다. 이공李公(이안
눌)의 일 처리 역시 좋다. 하늘이 사람을 이끌어 주고 때마침 순
풍이 불었다고 할 만하다. 세상만사 모두 본래 정한 바가 있거늘
어찌 인간의 지혜와 힘으로 판단할 수 있겠는가?"

• 부부의 10년 맹약 서유영

참판[1] 고유高庾는 고경명[2]의 후손으로, 대대로 광주光州에 살다가 어려서 부모를 여의고 영남嶺南의 고령현[3]으로 옮겨 와 남의 집 품팔이를 하며 살았다. 하는 일마다 부지런히 했고 게으름 피우는 법 없이 성실해서 사람들이 모두 아끼며 이름을 부르지 않고 '고도령'이라 불렀다.

이웃에 박좌수[4]라는 이가 살았는데, 집이 매우 가난했다. 딸 하나만 두었는데, 딸은 사람을 알아보는 안목이 있었지만, 혼기를 놓쳐 중매하는 이가 없었다.

하루는 고도령이 박좌수와 바둑을 두다가 말했다.

"좌수님과 내기 바둑을 두고 싶은데, 괜찮으시겠습니까?"

---

1. **참판參判**  판서判書 밑의 종2품 관직.
2. **고경명高敬命**  명종·선조 때의 문신이자 임진왜란 때의 의병장.
3. **고령현高靈縣**  경상북도의 지명.
4. **박좌수朴座首**  '좌수'는 조선시대에 고을 수령을 보좌하는 자문 기관인 향청鄕廳의 우두머리.

"좋네."

"제가 지면 좌수님을 위해 1년 동안 품팔이 일을 그냥 해 드리 겠습니다. 만약 좌수님이 지시면 저를 사위로 삼아 주시겠습니 까?"

좌수는 성이 나서 얼굴빛이 달라지더니 바둑판을 밀치고 일어 나며 말했다.

"턱없는 소리, 턱없는 소리!"

고도령은 무안해하며 떠났다.

좌수의 딸이 울타리 사이로 엿보다가 이 일을 목격하고는, 좌 수가 안으로 들어오자 짐짓 이렇게 물었다.

"아버지께서는 무슨 불편한 일이 있었기에 연거푸 '턱없는 소 리'라고 하셨습니까?"

좌수가 억지로 웃어 보이며 말했다.

"고도령이 자기를 사위로 삼아 달라니 이게 턱없는 소리가 아 니고 뭐겠느냐?"

"고도령이 지금은 비록 천한 일을 하지만 본래는 사대부 신분 입니다. 더구나 사람이 신실해서 이웃 마을에서 모두 도령이라고 들 부르니, 그 사람을 사위로 맞는 게 우리 집안에는 행운인데, 왜 턱없는 소리라고 하십니까?"

좌수는 몹시 화가 나서 대꾸하지 않고 이웃 마을에 갔다. 사정 을 아는 마을 사람들이 모두 술을 들고 와서 고도령과의 혼사를 힘써 권하자, 좌수는 중론에 떠밀려 허락하고 말았다.

신혼 첫날밤에 좌수의 딸이 고도령에게 말했다.

"제가 서방님의 얼굴을 보니 오랫동안 빈천한 처지에 머물러 고생하실 상이 아닙니다. 더구나 서방님은 양반 아닙니까. 지금 출중한 재주를 가졌으면서 일자무식을 면치 못하고 있으니 가문의 명성을 몹시도 떨어뜨렸습니다. 서방님과 10년을 기한으로 삼아 굳은 약속을 했으면 합니다. 저는 날마다 옷감을 짜서 온 힘을 다해 재산을 모을 테니, 서방님은 글공부를 열심히 해서 과거에 급제하십시오. 서로 굳게 맹세해서 10년이 되기 전에는 만나지 않기로 하는 게 어떻겠습니까?"

"당신 말이 참 훌륭하오. 하지만 일이 이루어질지 어찌 자신할 수 있겠소?"

"뜻이 있으면 반드시 일이 이루어지게 마련입니다. 정성스러운 마음만 간직한다면 일이 이루어지지 않으리라는 근심을 왜 하겠습니까?"

"알겠소. 하지만 내 수중에 노잣돈이 없이 누구에게 배움을 청할 수 있겠소?"

"제가 짜 놓은 베 몇 필을 상자 속에 간직해 둔 지 오래입니다. 이걸 내다 팔면 서방님의 노자는 충분히 될 겁니다. 새벽닭이 울면 지체 말고 어서 떠나십시오."

아내는 긴 치맛자락을 휘어잡고 일어나더니 상자를 열어 베 2필을 꺼내 주었다.

마침내 고유는 아내와 작별하고 결연한 마음으로 문을 나섰다. 동방이 아직 밝지 않은 때였다.

시장에 베를 팔아 수십 냥을 마련한 뒤 마을마다 돌며 훈장을 찾아다녔다. 합천[5]에 이르니 몹시 정갈한 집 한 채가 멀리 바라보였다. 맑은 시내가 주위를 두르고 수양버들이 늘어서 있는데, 그 속의 초가집에서 글 읽는 소리가 흘러나왔다. 고유가 매우 반가워하며 가까이 가서 보니 노인 한 사람과 아이 네댓 명이 상을 마주하고 글을 읽고 있었다. 즉시 옷자락을 추어올려 공경을 표하며 들어가 상 아래에서 절하고 말했다.

"저는 조실부모하고, 자라서는 배울 기회를 얻지 못했습니다. 선생님을 따라 글을 배우고 싶습니다."

노인이 한참 자세히 보더니 말했다.

"그러면 전에는 무슨 책을 읽었나?"

"읽어 본 책이 아무것도 없습니다."

노인은 『천자문』千字文을 내주며 말했다.

"이건 아이들이 처음 공부할 때 익히는 글자일세. 한번 읽어 보게."

고유는 일어나 감사를 표하고 남은 노잣돈을 드리며 식비로 충

<hr>

5. **합천**陜川 경상남도의 지명.

당해 주기를 청했다. 노인은 말했다.

"나는 식객食客을 대접해서 돈을 버는 사람이 아닐세. 하지만 우선 받아 뒀다가 자네가 입고 먹는 비용에 보태도록 하겠네."

고유는 그 뒤로 이곳에 머물며 아침저녁으로 『천자문』을 앞에 두고 웅얼웅얼 소리 내어 읽기를 그치지 않았다. 아이들이 모두 비웃었지만 아랑곳하지 않았다. 노인은 고유가 부지런히 공부하는 정성을 갸륵하게 여겨 마음을 다해 가르쳤다.

한 달 남짓 지나자 다른 책으로 바꾸어, 침식을 잊고 밤을 낮 삼아 공부했다. 오륙 년이 지나 문장력이 크게 진보하자 비로소 과거를 위한 문장을 배우기 시작했다. 다시 몇 년이 지나자 각종 문장 형식에 두루 정밀한 실력을 갖추게 되어 학식 많은 나이 든 선비도 미칠 수 없는 경지에 이르렀다. 노인은 말했다.

"자네 글재주가 이 경지에 이르렀으니 나가서 과거에 응시하는 게 좋겠네."

고유는 생각했다.

'지금 내 글재주는 아직 정밀한 수준이 못 된다. 몇 년만 더 글을 읽으면 과거 시험장에서 독보할 수 있을 듯하니, 과거 시험 보러 가는 건 아직 이르다.'

마침내 노인과 작별하고 해인사海印寺로 들어가 승려들에게 부탁했다.

"저는 가난한 선비입니다. 산방山房을 빌려 몇 년 글공부를 하고 싶은데, 양식을 댈 방법이 없습니다. 날마다 한 분씩 돌아 가며 저를 먹여 주실 수 있겠습니까?"

승려들이 허락했다.

고유는 마침내 잠을 물리치기 위해 머리카락을 대들보에 둘러 묶고 송곳으로 허벅지를 찔러 가며 밤낮으로 각고의 노력을 해서 10년의 기한을 다 채웠다.

그때 숙종[6]께서 증광시[7]를 보이셨다. 고유는 자신의 뛰어난 문장력과 높은 학문으로 문단文壇의 으뜸가는 위치를 차지하기에 충분하다고 여기고, 비로소 서울에서 시험을 보아 진사進士 장원壯元에 뽑혔다. 또 문과文科 초시[8]에 응해서 장원으로 뽑혔고, 마침내 전시[9]에 을과[10]로 합격하여 관례대로 가주서[11]에 임명되었다.

조정 대신들이 경연經筵[12]을 하는 날이었다. 마침 폭우가 퍼부어

<hr>

6. **숙종肅宗**　조선 제19대 왕. 재위 1674~1720년.

7. **증광시增廣試**　나라에 경사가 있을 때 기념으로 실시하던 과거 시험.

8. **초시初試**　과거의 1차 시험. 성균관 유생을 대상으로 한 관시館試, 서울에서 시행되는 한성시漢城試, 지방별로 시행되는 향시鄕試가 있었다.

9. **전시殿試**　복시覆試(2차 시험) 합격자 33명에 대해 왕이 몸소 보이는 최종 시험. 대과大科의 제도는, 문과 초시初試에 합격한 사람을 대상으로 복시覆試를 보여 합격자 33인을 정하고, 전시殿試 성적에 따라 급제의 순위를 정하게 되어 있었다. 초시와 복시에 이어 전시까지 모두 합격하는 것을 '과거 급제'라고 한다.

10. **을과乙科**　전시 합격자의 순위 등급 중 두 번째. 전시 성적에 따라 갑과甲科 3인, 을과乙科 7인, 병과丙科 23인으로 순위가 나뉘었다.

11. **가주서假注書**　승정원承政院의 정7품 관직. 사초史草를 기록하는 주서注書의 업무를 대리하거나, 비변사備邊司와 국청鞠廳의 기록 업무를 맡아보았다.

12. **경연經筵**　임금과 신하가 유학의 경서를 강론하며 국정을 협의하던 일.

처마에 달린 방울이 요란하게 울리자 임금이 말했다.

"여러 신하는 아뢸 때 소리를 높이도록 하라."

고유는 기주[13]에 다음과 같이 기록했다.

"처마 방울 소리가 시끄러우니 큰소리로 아뢰어라!"

곁에 있던 승지承旨와 사관史官이 서로 돌아보며 칭찬했다. 임금이 기주를 바치라고 분부하여 친히 열람하고는 몹시 칭찬하고 말했다.

"자네는 누구의 후손인가?"

고유가 엎드려 대답했다.

"신臣은 충신 고경명의 후손입니다."

"제봉[14]에게 훌륭한 후손이 있구나! 부모가 있는가?"

"신은 조실부모하고 떠돌다 영남 땅에 살았습니다."

임금이 또 물었다.

"아내는 있는가?"

그러자 고유는 신혼 첫날밤에 아내와 굳게 맹세하고 헤어져 살았던 사연을 자세히 아뢰었다. 임금이 또 물었다.

"집 떠난 지 벌써 10년이 지났는데, 아내 소식을 들었는가?"

"굳게 맹세한 기한이 바로 눈앞인데, 아직 소식을 듣지 못했습

13. **기주記注** 임금의 언행을 기록하는 공책.
14. **제봉霽峯** 고경명의 호.

니다."

임금이 감탄해 마지않더니 고유를 특별히 고령 현감縣監으로 임
명하여 말을 지급해 내려보내며 금의환향의 영광을 보이게 했다.
고유는 은혜에 감사하며 공손히 절하고 떠났다.

고유는 임지로 가던 도중에 수행인들을 역관驛館에 남겨 두고
해진 도포에 찢어진 삿갓 차림으로 박좌수의 집을 찾아갔다. 집
은 황폐하여 사람이 살지 않았고, 마을도 퇴락해서 예전에 알고
지내던 사람이라곤 보이지 않았다. 이웃 사람들에게 박좌수 집의
사정을 묻자 모두들 이렇게 대답했다.

"박좌수님은 이미 세상을 뜨셨소. 외동딸은 고도령에게 시집갔
었는데, 신혼 첫날밤에 신랑이 무단히 집을 나가 10년이 되도록
생사를 모른다오. 그 아내가 아주 현숙한데, 몸소 가산을 불리더
니 어느덧 거부巨富가 되어 엄청난 땅을 가지게 되었소. 이 산 뒤
에 100여 호 되는 큰 마을이 있는데 그게 다 그 집 하인들이 사는
곳이라 사람들은 '고도령 마을'이라고들 하오. 그리고 고도령의
유복자가 있는데, 지금 열 살이라오. 글방 선생을 모셔다 놓고 글
공부를 시키고 있소. 그 댁에서 거지들을 위해 잔치를 베풀며 널
리 고도령의 소식을 알아보고 있으니, 당신도 가면 술과 음식을
배불리 먹고 노자까지 얻을 수 있을 게요."

고유는 이 말을 듣고 아내의 지략에 깊이 감탄했다. 고유는 고
령현 관속官屬들과 미리 약속하기를, 고도령 마을 근처에 모두 모

여 있다가 피리 소리를 들으면 일제히 문 앞에 와서 대령하라고 했다.

고유가 마침내 걸음을 옮겨 고도령 마을을 찾아가니, 과연 마을 안에 집들이 빽빽이 늘어서 있고, 곡식이 산처럼 쌓여 있었으며, 숲 사이로 100여 칸 되는 큰 기와집이 보였다. 고유가 어리석어 보이는 얼굴 표정을 짓고 일부러 거지 행세를 하며 그 집 문 앞에 이르니 떠돌이 거지들이 뜰에 가득했다.

고유는 곧장 대청으로 올라갔다. 늙은 글방 선생이 갓을 쓰고 앉아 있고, 아이 하나가 책을 받들고 곁에서 모시고 있었다. 고유가 말했다.

"구걸하며 돌아다니는 이가 감히 밥 한 그릇 은덕을 베풀어 주시기를 바랍니다."

아이가 절하고 물었다.

"존성尊姓을 듣고 싶습니다."

"내 성은 고씨일세."

아이는 황망히 안채로 들어갔다가 잠시 후에 나와 물었다.

"손님의 처가 성씨는 어떻게 되시는지요?"

"내 장인이 바로 박좌수시네."

이때 고유의 아내가 문틈으로 엿보니 과연 고도령이었다. 아내는 급히 아이를 불러 고유를 안채로 맞이하게 했다. 마침내 부부가 서로 껴안고 통곡했다. 고유가 말했다.

"내가 집을 나서던 날 도중에 강도를 만나 노자를 다 빼앗기고 말았소. 시골 서당을 두루 찾아다니며 글을 배우려 했지만 가는 곳마다 모두 고개를 저었소. 결국 이리저리 떠돌아다니며 남의 집에서 밥을 빌어먹다 지금에야 돌아왔구려. 당신은 과연 약속을 저버리지 않고 큰 부자가 되었는데, 나는 이처럼 곤란한 지경에 이르렀으니 부끄럽기 짝이 없소!"

아내가 웃으며 말했다.

"사람이 곤궁하고 현달하는 건 모두 정해진 분수가 있어서 억지로 할 수 없는 일이지요. 지금 우리 집에 쌓인 곡식이 수천 섬이니 평생 배불리 먹고 따뜻하게 지내기에 충분합니다. 이 밖에 뭘 더 바라겠습니까?"

아내가 술과 음식을 마련해서 들도록 권하자 고유가 말했다.

"함께 온 일행이 문밖에 있는데, 이 음식을 보내 줬으면 좋겠소."

여종을 불러 음식을 내보내게 하자 곁에 있던 남녀 하인들이 모두 웃음을 참고 있었다.

본래 고유가 음식을 내보낸 이유는, 수행인들로 하여금 술과 음식이 나올 때 문밖에서 피리를 불어 관속들을 부르도록 약속 해 두었기 때문이다. 고령현 관속들은 피리 소리를 듣고 일제히 문밖에 와서 현감 부부에게 문안을 올렸다. 온 마을 사람이 깜짝 놀라 허둥거리며 그 연유를 알지 못했다. 아내가 미소 지으며 말했다.

"당신이 금의환향하신 걸 벌써 짐작하고 있었답니다. 왜 일부러 거지 행세를 하며 이렇게 속인 겁니까?"

고유가 껄껄 웃으며 비로소 수행인들에게 분부하여 관복을 내오게 하더니 옷을 갈아입고 사랑채에 나와 앉아 관속들의 인사를 받았다.

이튿날에는 소를 잡고 술을 걸러 주변의 노인과 부녀자와 아이들을 모두 불러 잔치를 크게 베풀었다. 아내가 말했다.

"사람의 소망을 하늘이 따라 주었네요. 우리 부부가 지난날의 약속을 저마다 이루어 10년 뒤에 다시 모였군요. 당신은 귀해졌고 저는 부자가 되었는데, 재물을 쌓아만 놓고 흩어 주지 않는다면 이는 오랑캐의 도리입니다. 가난한 집에 두루 나누어 주는 게 어떻겠습니까?"

고유가 무릎을 치며 감탄하여 말했다.

"당신 말이 참으로 옳소. 내가 어찌 따르지 않겠소?"

그리하여 돈과 곡식을 뜰로 내오니 산처럼 높이 쌓였다. 주위의 가난한 집을 모두 헤아려 골고루 나누어 주니 남녀가 모두 춤을 추며 기뻐했고 칭송하는 소리가 우레 같아 그 일대가 모두 박씨의 덕을 기렸다.

고유는 아내와 함께 임소로 갔다. 얼마 뒤에는 고을을 잘 다스렸다고 해서 특별히 경상도 관찰사에 임명되었으며, 훗날 벼슬이 참판에 이르렀다. 영남 사람들은 지금까지도 이 이야기를 미담으로 전하고 있다.

좋은 사람

배전

충주 미리[1]에 조득철趙得哲이라는 사람이 살았다. 집안이 꽤 풍족하고 처자식에게도 상당한 재산이 있었다. 득철은 만년에 접어들자 한가히 소일할 계책으로 마을 앞의 객점客店에 첩을 하나 얻어 두고는 술을 팔며 오가는 나그네들을 아침저녁으로 맞이하고 보내게 했다.

순조純祖 12년(1812) 봄에 이희저[2]와 홍경래[3] 등이 군사를 일으켜 정주와 가산[4] 등의 고을을 함락하자 서울이 들끓어 태반은 달아나 숨었다.

어느 날 밤 조득철이 객점 거리를 산보하고 있는데 서쪽에서

1. **미리美里**  지명.
2. **이희저李禧著**  가산嘉山의 역속驛屬 출신으로, 홍경래 휘하에서 총병관摠兵官이 되어 반란군을 지휘했다. 훗날 대역죄로 사형당했다.
3. **홍경래洪景來**  생몰년 1771~1812년. 농민 전쟁의 지도자. 1811년 평안도에서 군사를 일으켰으나 이듬해 관군에 패하여 전사했다.
4. **정주定州와 가산嘉山**  모두 평안도에 있는 지명.

두 명의 처녀가 오는 게 아닌가. 얼굴이 매우 예쁘고 자태도 고왔다. 두 처녀는 객점 가까이에 이르러 큰길을 버리고 산기슭으로 향하더니 마침내 머물기 곤란한 골짜기라는 걸 알고는 발길을 돌려 숲 속으로 들어가 숨었다. 득철은 객점으로 들어가 처녀들을 맞아들이는 일을 첩과 상의했다. 그때 두 처녀 중 나이 어린 처녀가 밤길을 걸어와 밥을 구걸하는데 부끄러워 감히 소리를 내지 못했다. 득철이 어디서 왔느냐 묻자 처녀가 말했다.

"저는 서울 박승지[5] 댁의 여종입니다. 3년 전쯤 영공[6] 내외가 모두 돌아가셨습니다. 영공께는 아드님이 없고 따님 한 분만 계신데, 지금 17세로 저와 서로 의지해 살아 왔으며, 집안일은 소저 小姐의 서숙[7]이 관리하셨습니다. 그러다 홀연 서쪽에 난리가 나서 반란군이 조만간 서울에 들이닥치리라는 소식을 듣자 서숙 어른은 자기 식구만 데리고 밤에 달아났습니다. 소저와 저는 난리통에 가만히 앉아 겁탈당할 수 없다고 생각해서 마침내 하루 이틀 먹을 양식을 가지고 서숙이 달아난 종적을 뒤쫓았지만 찾을 수 없었습니다. 그래서 사나흘 밤 동안 추운 날씨 속에 노숙을 했습니다. 게다가 양식이 떨어져 며칠 동안 굶주렸고, 발이 부르터서 한 걸음도 움직일 수 없었습니다. 여기서 더 굶주림과 추위를 겪

5. **박승지**朴承旨  '승지'는 승정원의 정3품 당상관堂上官.
6. **영공**令公  영감令監. 정3품과 종2품의 관원을 일컫던 말.
7. **서숙**庶叔  서얼 숙부.

다가는 필시 목숨을 부지할 수 없을 것 같습니다. 하지만 아직 목숨이 끊어지기 전이라 민망해하다가 여기에 오게 된 겁니다.”

득철은 그 말을 듣고 당장 첩에게 분부하여 새로 밥을 짓게 한 뒤, 처녀와 함께 박소저가 숨어 있는 곳으로 가서 숲을 사이에 두고 말했다.

“귀하신 아씨가 난리를 피해 이곳에 왔다는 소식을 여종에게 다 전해 들었습니다. 이처럼 춥고 험한 곳에서 며칠 노숙하며 굶주리다가는 병이 나지 않겠습니까? 숲 앞에 있는 집은 제 별실別室입니다. 조용하고 정갈한 방이 하나 있으니 아씨는 여종과 함께 이리로 들어오시기 바랍니다. 밥을 지어 놓고 기다리겠습니다.”

숲이 고요할 뿐 아무런 대답이 없었다. 여종이 사정을 자세히 말하며 득철의 말대로 하기를 청하자, 박소저가 마지못해 일어나 숲에서 나왔다.

득철이 앞장서 들어와 빈방을 깨끗이 치우고는 등불을 달고 자리를 깔았다. 박소저의 여종으로 하여금 소저를 모시고 와 방에 머물게 한 뒤, 밥상을 잘 차려 올리며 말했다.

“이 방에 편히 머무세요. 몇 년 동안이든 근심 없이 지내실 수 있을 겁니다. 모쪼록 숙부를 찾으러 갈 생각일랑 잊으시고 며칠이든 몇 달이든 여기 머물며 숙부를 기다리세요. 그러면 숙부께서 찾아오실 겁니다.”

박소저가 말했다.

"정말 좋은 분이시군요! 저를 낳아 주신 분은 아버지요, 저를 살려 주신 분은 어르신이십니다. 오랜 숙연이 있는 듯하니, 원컨대 부녀지간의 의義를 맺었으면 합니다."

"이 무슨 말씀이십니까? 저는 천한 신분이고 아씨는 귀족이신데, 부녀지간의 의를 맺다니 당치도 않습니다. 그냥 거처하시며 훗날을 기다리시기 바랍니다."

득철은 낮이면 박소저가 편히 지낼 수 있도록 살폈고, 밤이면 소저의 방문 앞을 엄중히 지켰다. 그리하여 득철의 아들이나 간혹 그 집에 왕래하는 이웃 청년들 모두가 소저의 거처를 절대로 엿볼 수 없었고, 더불어 이야기도 나눌 수 없었다.

이렇게 꽤 오랜 시간이 흘러가는 동안 서숙의 행방을 탐지해 보았지만 종적이 묘연했다. 득철은 박소저에게 말했다.

"숙부를 기다리고만 있다가는 어느 세월에 만날지 알 수 없군요. 그렇다고 제 집에 오래 머무시는 것도 결코 좋은 방도는 아닙니다. 아씨는 꽃다운 열여섯이라 시집가기 딱 좋은 나이신데, 미천한 제가 중매로 나서기엔 적당치 않군요. 제게 한 가지 방책이 있는데, 아씨께서 한번 들어 봐 주십시오. 초립을 씌우고 푸른 도포를 입혀 아씨를 귀공자로 꾸미고, 아씨의 몸종은 배자[8]를 입히고 가죽띠를 띠게 해서 사내종으로 꾸미려 합니다. 좋은 나귀에



170

수놓은 안장을 얹어 아씨는 나귀에 타고 여종은 나귀를 몰고 가면 제가 채찍을 들고 그 뒤를 따르겠습니다. 그렇게 원주原州까지 100여 리를 가면 따로 좋은 계책이 있는데, 아씨께서 어찌 생각하실지 모르겠습니다."

"일단 말씀해 보세요."

"원주에는 서울의 고관高官 가문 출신임에도 생활 형편이 어려워 이주해 와 사는 사람이 많습니다. 그중에 만일 풍채가 좋고 문장에 능한 수재[9]가 있다면 그 집안을 물어 아씨 댁 가문과 걸맞을 경우 제가 이리저리 말을 꾸며 중매를 하고 혼약을 맺어 아씨를 맞이하게 하려 합니다. 허락하시겠습니까?"

"난리 통에 죽을 뻔한 사람을 어르신이 구해서 금이야 옥이야 소중히 지켜 주셨거늘, 이 분부를 제가 어찌 감히 따르지 않겠습니까?"

그리하여 8월에 행장을 차려 동쪽으로 길을 떠났다. 하룻밤 묵어 갈 때는 반드시 정갈한 방을 골라 주인과 여종이 함께 묵었고, 득철은 가까운 곳에서 이들을 지켰다.

그렇게 며칠을 가서 드디어 원주 땅에 이르렀다. 산골 깊숙이 들어왔는데 해가 저물려 했다. 시냇가 밤나무 아래에서 한 총각이 장대로 쳐서 밤을 따고 있는 모습이 보였다. 총각은 나귀를 탄

---

9.**수재秀才** 아직 결혼하지 않은 남자를 높여 이르던 말.

어여쁜 귀공자를 보고는 장대로 나귀를 쿡 찔렀다. 나귀가 놀라서 거꾸러지자 총각은 깔깔 웃으며 달아났다. 득철은 비범한 젊은이라 여겨 공자와 함께 앞서거니 뒤서거니 총각을 뒤쫓아 갔다. 산을 돌아 서너 바탕[10]을 가니 마을이라고는 없고 다만 깨끗한 초가집 한 채가 있을 뿐이었다. 마당에 나귀를 묶어 두고 박소저를 부축해서 계단을 오르니, 늙은 주인이 문을 열고 나와 맞이하며 말했다.

"어느 곳에서 오신 귀한 손님이 이 밤에 왕림하셨습니까?"

의자를 내와 마주 앉은 뒤 주인 노인이 인사말을 하는데 손님인 도령은 고개를 숙인 채 말이 없었다. 득철이 방문 밖에 앉아 있다가 대신 아뢰었다.

"저희 도련님은 서울 박승지 댁 장남이십니다. 주인 어르신 댁은 어느 가문이신지 감히 여쭙습니다."

"나는 청풍[11] 김씨라오. 조상 대대로 서울에 살다가 증조부 상상공[12]께서 이곳으로 옮겨 사신 뒤로 마침내 벼슬이 끊어져 산골짝 백성이 되었다오."

"저희 도련님은 집안에 큰 재앙이 있어 조실부모하고 가까운 일가친척 하나 없는데, 작년에 서도西道(평안도)의 반란이 일어나

---

10. **바탕** 길이의 단위. 한 바탕은 활을 쏘아 화살이 미치는 거리 정도의 길이.
11. **청풍淸風** 충청북도 제천시 일대의 옛 지명.
12. **상상공上庠公** '상상'은 사마시司馬試에 합격하여 진사나 생원이 된 이를 가리키는 말.

자 누이동생을 데리고 미리美里 별장에 와서 머물고 있습니다. 난리를 겪고 난 뒤라 항상 두려운 마음이 있어서 원주로 이사할 계획을 세운 지 오래되었지만, 의지할 친척이 없어서 이번 여행에 나섰습니다. 저희 도련님은 비슷한 가문의 좋은 신랑감을 찾으면 누이의 혼사를 먼저 치른 다음에 이사하실 생각입니다."

"그게 어디 쉬운 일이오? 이런 곳에 댁과 비슷한 가문이 어디 있겠소?"

"조금 전 밤나무 아래에서 우연히 한 총각을 만났는데 참으로 걸출해 보였습니다. 저희 도련님 마음에 들어 저더러 뒤쫓아 가 보라 하시기에 여기까지 오게 되었던 겁니다."

"그 아이는 우리 집 못난 손자놈이오. 그 아이가 세 살 때 애비를 잃었는데 그 때문에 가슴이 아파 엄하게 가르치지 않고 제멋대로 크게 내버려 두었더니, 나이 열여섯에 아는 게 아무것도 없다오. 그런데 무슨 걸출한 모습이 있단 말이오? 잘못 본 게요."

이윽고 저녁밥을 올리는데, 산나물과 채소가 맛있었다. 잠자리에 들 시간이 되자 득철이 노인에게 말했다.

"저희 도련님이 젊은 나이에 가슴이 가려운 병이 있어서 집에서도 거느리고 있는 하인과만 함께 잤고, 다른 사람과는 절대로 한방에서 주무시지 않습니다. 어르신께서 안방에 들어가 주무시고 도련님을 사랑방에서 하룻밤 편안히 잠자도록 해 주실 수 있겠습니까?"

“나는 며느리와 함께 살고 있어서 내가 안방에 들어갈 순 없어. 곁방[13]이 하나 있긴 하지만 오랫동안 쓰지 않아서 거처하기 어려울 텐데, 어쩌면 좋을꼬?”

득철이 거듭 간절히 부탁하자 노인은 하는 수 없이 안 쓰던 곁방을 청소하고 자신이 그 방에서 하룻밤 지내기로 했다. 하지만 모기와 온갖 벌레가 사방에서 물어 대 잠을 이룰 수 없었다. 한밤중에 달빛을 받으며 사랑채로 나와 보니 도령은 문을 닫고 깊이 잠들었고, 득철은 방문 밖에 누워 있었다. 득철 또한 잠자지 않고 있다가 노인이 나온 것을 보고 일어나 앉았다. 노인이 모깃불을 태우며 정답게 말하다가 물었다.

“자네 댁 소저는 나이가 어찌 되시나? 성품은 어떠신고?”

득철은 노인이 혼사에 마음이 있다는 것을 알아차리고 이렇게 말했다.

“아씨는 저희 도련님의 쌍둥이 동생입니다. 아름다운 용모는 도련님과 매우 흡사하고, 여자의 덕성과 행실을 갖추었습니다. 밥을 싸 들고 돌아다니며 찾아도 이런 신붓감은 얻기 어려울 겁니다.”

“그 댁은 높은 가문인데, 왜 우리 집과 혼인하겠다는 게지?”

“저희 도련님 댁이 좋은 가문이긴 하지만 재앙이며 난리에 시

달리다 보니 혼사가 예전 같지 않습니다. 참으로 이사할 계획을 가지고 왔던 터에 문득 훌륭한 청년을 만나 이곳까지 뒤쫓아 온 것이니, 어르신만 마음을 두시면 혼사가 이루어질 겁니다."

"이 산골짝에 달리 아는 친구도 없고 장차 죽을 나이는 다가오는데, 하루아침에 손자 혼인도 못 시킨 채 내가 갑자기 세상을 뜬다면 그 역시 원통한 일이지. 하지만 자네 도련님이 자네 말을 잘 들어줄까?"

"제가 드리는 말씀이 아니라 저희 도련님의 생각이 그러합니다."

"혼례를 한다 치면 별장에서 식을 올리게 될까?"

"서울 집은 벌써 다른 사람 차지가 됐고, 미리에 있는 별장이 그런 대로 살아갈 만합니다. 도련님 남매와 하인들이 내려와 산 지도 1년이 넘었으니 거기서 혼례를 올리게 될 겁니다."

"그러면 언제 혼서[14]를 보내고, 언제 혼례를 올리누?"

"어려울 거 없습니다. 내일 아침에 어르신이 도련님에게 지금 제가 한 말을 해 보십시오. 제 말이 곧 도련님 말이니, 도련님 말이 어눌하다고 괴상히 여기지 마시고 당장 사주단자[15]를 주어 혼약을 맺도록 하십시오."

---

14. **혼서婚書**  혼인할 때 신랑 집에서 예단과 함께 신부 집에 보내는 편지.
15. **사주단자四柱單子**  혼인이 정해진 뒤 신랑 집에서 신부 집으로 신랑의 사주를 적어서 보내는 종이.

이튿날 아침 과연 그 말대로 혼약을 맺었다. 마침내 득철 일행은 나귀를 먹여 집으로 돌아왔고, 박소저는 그제야 본래 옷으로 갈아입었다.

혼례 날짜를 정하는 편지가 오간 뒤 득철은 즉시 도령 명의의 편지를 작성해 원주에 보냈다. 그러고는 아들들에게 분부하여 저마다 혼사 준비를 돕게 하며, 새신랑을 위한 이부자리와 옷 한 벌을 마련했다. 날짜가 다가오자 미리의 본가本家를 잘 단장해서 혼례식장으로 삼고 소저를 예쁘게 꾸며 혼례 올릴 날을 기다렸다.

약속한 날에 원주 노인이 과연 손자의 머리에 사모관[16]을 씌우고 앞서거니 뒤서거니 함께 왔다. 득철은 삼정[17] 동쪽에서 이들을 맞이하여 숙소에서 편히 거처하게 했다. 득철의 아들과 며느리는 하인 차림으로 변장해 음식을 두루 갖추어 올리게 했다. 납폐와 전안[18] 의식을 차례로 거행한 뒤 신랑을 신방으로 인도하고 신랑의 조부는 사랑채로 모셔 편히 쉬게 했다. 노인은 혼례 의식이 잘 준비되어 법도가 있다고 여겼다. 다만 지난번 원주에 왔던 사돈 도령이 보이지 않는 것이 이상해서 득철에게 묻자 득철이 말했다.

"혼례를 혼자 주관하느라 몸을 빼 나오지 못하고 있습니다. 내

꽃잎꽃잎꽃잎꽃잎

16. **사모관紗帽冠** 혼례식 때 신랑이 쓰는 관冠.
17. **삼정三亭** 지명.
18. **납폐納幣와 전안奠雁** '납폐'는 신랑 집에서 신부 집으로 예물을 보내는 의식이고, '전안'은 혼례 때 신랑이 기러기를 가지고 신부 집에 가서 상 위에 놓고 절하는 의식이다.

일 아침에 만나십시오."

이튿날 아침 득철은 노인 앞에 꿇어앉아 전후 사정을 두루 고하고 말했다.

"사정이 이러하니 무슨 사돈도령이 있겠습니까? 지난번 댁에 갔던 도련님이 바로 오늘 혼례를 올린 아씨입니다. 제가 어르신을 속였으니 더없이 큰 죄를 지었습니다. 하지만 아씨가 난리 통에 피란 오는 일이 없었다면 어르신 댁에서 어찌 아씨 가문과 혼사를 이룰 수 있었겠습니까? 아씨는 가문이 높고 용모가 아름다우며 성품도 훌륭해서 견줄 사람을 찾기 어렵습니다. 선행을 쌓은 집안이 아니라면 이런 인연을 얻기 어려울 겁니다."

노인은 이 말을 듣고 한바탕 웃으며 말했다.

"내가 자네에게 속았구먼. 하지만 손부<sup>孫婦</sup>가 어질고 총명하니 자네 죄를 용서해야겠네."

노인은 혼례를 치른 사흘 뒤에 손자 부부를 데리고 돌아가려 했다. 득철은 화려한 가마를 마련하고 하인과 말을 갖추어 박소저를 여종과 함께 시집으로 떠나보냈다. 노인과 손자는 마침내 소저를 맞아 집으로 돌아갔다.

박소저의 행동은 오랜 세월이 흐르도록 한결같아서 시조부를 섬기고 남편을 받드는 데 공경과 정성을 다했으니, 노인이 돌아가실 때까지 그렇게 했다. 박소저 부부는 아들딸을 낳았는데 모두 빼어난 재주를 가졌고, 집안 살림이 차츰 윤택해지면서 가정

도 매우 화목했다. 박소저는 철마다 미리에 안부를 묻고 선물을
보내는 일을 늙어 죽도록 그치지 않았다고 한다.

이산자[19]는 말한다.

"세상은 험하고 좋은 사람은 만나기 어렵다. 박소저와 어린 여
종은 난리를 당해 서숙의 뒤를 쫓아야 할지 쫓지 말아야 할지도
모르는 상황에서 굶주림과 추위가 뼈에 사무칠 무렵 숲 속으로
들어갔으니 자칫하면 목숨을 잃을 판이었다. 그때 문득 조득철의
구원을 받고 보호받으며 살다, 남장하여 혼약을 맺자는 계획에
따라 지체를 떨어뜨림이 없이 마침내 혼례를 치러 화목한 가정을
이루었다. 세상 사람 중에 어찌 득철 같은 사람이 또 있겠는가?
이 사람이 바로 험한 세상에 만나기 어려운 사람이 아니겠는가."

---

19. 이산자伊山子  작자 배전裵婰 의 호.

# 송씨 양반이 궁할 때 옛 종을 만나다

미상

옛날에 송씨 성의 양반 가문이 있었는데, 벼슬길이 끊어진 지 오래되어 종파宗派와 지파[1]가 거의 다 몰락해서, 다만 과부와 그 아들 하나만 외롭고 가난하게 살아가고 있었다. 그 집은 막동이 라는 젊은 사내종이 집안일을 돌보며 바깥주인이 할 일을 대신했 다. 그러던 어느 날 막동이가 갑자기 달아나 버리자 과부 모자는 한숨을 쉬며 애석해했지만 어디로 갔는지 알 길이 없었다.

삼사십 년이 지났다. 송씨 집 아들 송생宋生은 어른이 되었지만 가난이 더욱 극심해져 혼자 힘으로 살아갈 길이 없었다. 송생은 강원도 어떤 고을의 수령을 지내는 친지에게 가서 몸을 맡길 생 각을 했다. 길을 나서 고성군高城郡에 이르렀는데 날은 저물고 객 점은 멀었다. 굽이굽이 돌며 인가를 찾아서 산을 하나 넘었다. 산 아래로 1천 가구가 우물을 같이 쓰며 마을을 이루고 있었다. 푸

---

**1.지파支派**  종파宗派에서 갈라져 나온 파. 즉 맏이가 아닌 자손에서 갈라져 나온 파.

른 기와가 쭉 이어지고, 시내와 산수가 아름다웠으며 정자가 여기저기 서 있었다.

마을로 가서 물어보니 그 마을의 유지는 최승선[2]이라고 했다. 송생이 그 집으로 가서 뵙기를 청하자, 젊은 서생이 송생을 맞이해서 묵을 방을 정해 주었다. 자리에 앉기도 전에 여종이 와서 최승선의 말을 전했다.

"적적해서 근심을 풀 곳이 없던 참인데, 손님을 모시고 말씀을 좀 나누었으면 합니다."

송생이 그 말에 응해 따라가니 한 노인이 있었다. 턱이 넓적하고 이마가 넓었으며 두 눈은 초롱초롱 빛이 났다. 노인이 송생을 보고 인사를 하는데 태도가 몹시 단정했다. 등불 심지를 잘라 가며 재미나게 이야기를 나누다 보니 어느덧 밤 12시 무렵이 되었다. 승선은 다른 사람을 모두 나가게 한 뒤 문을 꼭 걸어 잠갔다. 그러고는 갓을 벗더니 송생 앞에 엎드려 절하고 울며 죄를 빌었다.

송생은 무슨 영문인지 알 수 없어 깜짝 놀라며 말했다.

"영감[3]께선 왜 이런 해괴한 행동을 하십니까?"

"소인은 바로 서방님 댁의 종 막동입니다. 주인님의 두터운 은혜를 입었건만 몰래 도망친 것이 제가 범한 첫째 죄입니다. 주인 마님께서 혼자되신 뒤로 저를 수족처럼 대우하셨거늘, 훌륭한 뜻을 본받지 못하고 영영 이별하고 떠나온 것이 둘째 죄입니다. 가짜 성씨姓氏를 만들어 세상을 속이고 분수에 맞지 않게 벼슬을 얻은 것이 셋째 죄입니다. 부귀영화를 누리게 된 뒤에도 주인댁에 소식을 전하지 않은 것이 넷째 죄입니다. 서방님이 저희 집에 왕림하셨는데 동등한 예로 인사를 한 것이 다섯째 죄입니다. 이 다섯 가지 죄를 범하고 제가 어찌 세상에 나설 수 있겠습니까? 모쪼록 서방님께서는 저를 꾸짖고 매질하시어 제 죄의 만분지일이라도 줄여 주시기 바랍니다."

송생이 송구해서 몸 둘 바를 몰라 하자 승선이 말했다.

"주인과 종의 의리는 부자간이나 군신간과 조금도 차이가 없습니다. 이제 은정이 끊어지고 체모가 어그러지고 말았으니, 지금 목숨을 끊어 이 한스러운 마음을 갚고 싶습니다."

"설사 영감의 말씀이 맞다 한들 지금은 벌써 다 지나간 옛일이 되어 강물이 흘러가고 구름이 흩어진 것과 같습니다. 하필 그 문제를 다시 끄집어내어 주인과 손님을 모두 곤란하게 하실 거야 없지 않습니까? 편안히 앉아 한담이나 나누었으면 좋겠습니다."

승선은 즉시 송씨 가문 크고 작은 집안들의 안부를 물었다. 옛일을 이야기하노라니 감회가 새로워 함께 기뻐하기도 하고 한숨을 쉬기도 했다.

송생은 말했다.

"영감이 어려서부터 참으로 대단한 국량을 가지긴 했소만 그렇다 해도 어쩔 수 없는 필부에 불과한데, 어떻게 집안을 이처럼 일으키셨소?"

"참으로 사연이 깁니다. 소인이 어려서부터 일을 하며 가만히 주인댁의 명운을 보니 집안을 다시 일으킬 가망이 없었습니다. 일생 굶주림과 추위를 면치 못하며 날마다 끼니 걱정을 해야 하리라는 걸 알았지요. 저는 대략 방책을 세운 것이 있어 갑자기 도망 나왔습니다.

당시에 저는 포부가 크고 대담해서 종 노릇을 하며 늙지는 않겠다고 맹세했습니다. 그래서 최씨 가문에서도 매우 높은 집안 가운데 후손이 끊긴 곳을 골라 그 후손 행세를 하기로 했습니다. 처음에는 서울에 살며 가만히 재산을 늘려 나갔는데, 몇 년 사이에 수천 냥을 모았습니다. 그런 뒤에 영평⁴으로 거처를 옮겨 두문불출 독서하며 몸가짐을 삼가니, 마을에서는 사대부의 행실을 가졌다고 칭송하더군요. 또 재산을 흩어 가난한 백성들의 환심을 사고 후하게 베풀어서 부호들의 입을 막았습니다. 그러면서 또 서울의 건달 무리들로 하여금 화려하게 치장한 말을 타고 유명 인사의 이름을 사칭해서 연이어 방문하게 하니, 고을 사람들이

---



184

더욱 믿게 되었습니다.

또 사오 년 뒤에는 철원으로 옮겨 이전처럼 몸가짐을 삼가니, 철원 사람들도 그 고을의 양반으로 대우해 주었습니다. 그제야 어느 무관의 딸을 아내로 맞았는데, 남들에게는 재혼인 것처럼 속였습니다. 아들딸을 낳고 살았지만 혹시나 일이 발각될까 걱정해서 또다시 회양[5]으로 이사를 했습니다. 그리고 얼마 뒤에는 이 고을로 또 이사를 했지요. 회양 사람들은 철원 사람들에게 묻고, 고성 사람들은 회양 사람들에게 물어서 분주히 서로 이야기를 전하다 보니 제가 대단한 가문으로 떠받들리게 되었습니다.

소인은 명경과[6]에 요행으로 합격하여 승문원[7]에 소속되었다가 정언[8]과 지평[9]을 지내고, 통례[10]가 되어 통정대부[11]에 오른 뒤 병조참지[12]와 동부승지[13]를 지내기에 이르렀습니다.

그러던 어느 날 문득 절제하기 어려운 것이 사람의 욕심이요, 이지러지기 쉬운 것이 둥근 보름달이라는 생각이 들었습니다. 만

5. **회양淮陽**  강원도의 지명.
6. **명경과明經科**  문과文科 초시初試의 한 분과分科로, 경전經傳 과목을 시험 보았다.
7. **승문원承文院**  조선 시대 외교 문서를 관장하던 관서.
8. **정언正言**  사간원司諫院의 정6품 관직.
9. **지평持平**  사헌부司憲府의 정5품 관직.
10. **통례通禮**  통례원通禮院의 정3품 관직. 통례원은 국가의 의례儀禮를 관장하던 관서.
11. **통정대부通政大夫**  정3품 당상관堂上官의 품계 이름.
12. **병조참지兵曹參知**  병조兵曹의 정3품 관직.
13. **동부승지同副承旨**  승정원承政院의 정3품 관직.

약 올라가는 데 눈이 멀어 앞으로 나아갈 줄만 알고 멈출 줄을 모른다면 신이 노여워하고 사람들이 시기해서 모든 일을 그르치게 되리라 걱정이 되었습니다. 그래서 벼슬에서 물러나기로 결심했습니다. 그 뒤로 다시는 속세에 한 발자국도 내딛지 않고 전원에 유유자적 노닐며 임금님 은혜를 노래하고 삽니다.

5남 2녀가 모두 훌륭한 집안과 결혼했는데, 저희 집 주변의 집들이 모두 사돈댁입니다. 큰아들은 문과에 급제해서 지금 은율[14] 현감으로 있고, 둘째는 학식이 있고 품행이 좋다고 관찰사가 추천해서 능참봉[15] 벼슬을 받았지만 응하지 않았습니다. 그다음 아이는 성균관成均館에 입학했습니다.

소인의 나이 일흔이 넘었고 자손이 집에 가득하며, 해마다 1만 섬 곡식을 거둬들이고 날마다 1천 전[16] 돈을 쓰고 지냅니다. 제 분수와 역량을 헤아려 보건대 어찌 만족스럽지 못한 게 있겠습니까? 그러나 다만 주인의 은혜에 보답하지 못했다는 생각이 자나 깨나 가슴속에 맺혀 있었습니다. 매번 찾아가 뵙고자 하다가도 그동안의 모든 일이 탄로 날까 두려웠고, 주인댁의 가난을 돕고 싶었지만 방도가 없어 한스러워했습니다. 이 때문에 저는 남몰래 가슴 아파하며 멍하니 혼잣말을 하곤 했습니다. 지금 하늘이 기



14. 은율殷栗  황해도의 지명.
15. 능참봉陵參奉  능陵을 지키며 그에 관한 일을 맡아보던 종9품 벼슬.
16. 1천 전錢  은화 10냥.

회를 주시어 서방님께서 저희 집에 오셨으니, 소인은 죽어도 눈을 감을 수 있겠습니다.

부디 서방님께서는 몇 달간 머무시며 작은 정성을 받아 주시기 바랍니다. 다만 보통의 길손이 갑자기 정성스러운 대접을 받으면 이웃들이 의심할 수 있으니, 황공하옵니다만 낮에는 인척간으로 행세해서 저희 문벌을 빛내 주시고, 밤에는 주인과 종의 관계를 분명히 해서 명분을 바로잡기를 감히 청합니다. 그렇게 해 주시겠습니까?"

송생은 허락했다.

이야기를 마치니 하늘이 벌써 훤해졌다. 자제들과 문하생들이 잇달아 와서 문안 인사를 하자 승선이 말했다.

"어젯밤 신기한 일이 있었다. 몹시 졸음이 오기에 송생더러 집안 얘기를 해 보게 했더니 송생이 바로 내 재종질이더라. 본관과 파계派系가 분명해서 의심의 여지가 없다. 내가 서울에 살 때 송생의 부친과 교유하며 함께 공부해서 친형제처럼 친하게 지냈다. 그동안 사오십 년이 지나 불행히도 송생의 부친은 돌아가셨고 사는 곳이 멀어 소식이 끊기다 보니 그 댁 어린 아들이 어디 사는지 몰랐는데, 지금 만나고 보니 서글픈 마음이 한층 더 간절하구나."

자제들이 몹시 기뻐하며 혹은 형이라 부르고 혹은 아우라 부르며, 함께 손잡고 산 위의 정자며 강가의 정자며 울창한 수풀이며 대숲 사이로 가서 날마다 풍악을 울리며 술 마시고 시를 읊었다.

한 달 남짓 지나 송생이 집으로 돌아가고 싶다고 말하자, 승선이 말했다.

"1만 냥을 드리고자 합니다. 논밭과 집을 장만해서 가까운 친척과 나누어 쓰셨으면 합니다."

송생은 몹시 기뻐하며 수레와 말에 짐을 싣고 화려한 귀향길에 올랐다.

집으로 돌아와서 논밭을 사고 집을 마련하니 졸지에 큰 부자가 되었다. 송생을 알던 자들은 모두 이상한 일이라 여겼다.

송생에게는 사촌 동생이 하나 있었다. 이자는 본래 무뢰한으로 성격이 음험하고 악독했는데, 송생이 부자가 된 이유를 꼬치꼬치 캐물었다. 송생은 "아무 고을 원님이 도와주셨다"라고 대답했지만 무뢰한은 믿지 않았다. 며칠 뒤 또 이유를 묻자 송생은 "길에서 우연히 은 항아리를 주웠다"라고 대답했다. 그러나 무뢰한이 어찌 그 말을 믿으려 들겠는가. 그리하여 무뢰한은 술을 걸러 송생을 초대해 함께 마시고는 진탕 취하더니 문득 엉엉 큰소리로 울었다. 송생이 괴상히 여겨 이유를 묻자 무뢰한이 말했다.

"나는 어려서 부모님을 여의고 형제도 없이 오직 형님을 의지할 뿐인데, 형님은 나를 남처럼 대하니 왜 슬프지 않겠소?"

"내가 무슨 박대를 했다고 이러느냐?"

"속마음을 통하지 않으니 어찌 박대가 아니오? 재산이 생긴 이유를 끝내 곧이 말하려 들지 않는 이유가 대체 뭡니까?"

"내가 재산이 생긴 이유를 안 말해 줘서 원한이 생긴 게로구나. 사실대로 말해 주마."

송생이 그간의 사정을 자세히 말해 주자 무뢰한은 몹시 성을 내며 말했다.

"형님은 수치심을 품은 채 부끄러운 마음을 눌러, 도망간 노비에게 많은 뇌물을 받은 다음 형이니 아저씨니 부르며 강상綱常을 어지럽혔으니, 이 어찌 대단한 수치가 아니오? 내 당장 고성으로 가서 이 종놈의 패악한 모습을 폭로하고야 말겠소. 그래서 형님이 모독당한 분풀이를 하고 말세의 어지러운 기강도 바로잡겠소."

그러더니 신발을 신고 냅다 달려 곧장 동대문 밖으로 나갔다.

송생은 덜컥 두려운 마음이 들어 걸음 빠른 자를 하나 급히 고용해서 승선에게 빨리 편지를 전하게 했다. 편지에는 사촌 동생이 고성으로 가게 된 사정을 자세히 적고, 자신이 실언한 탓에 이런 일이 벌어졌다는 내용도 적었다.

심부름꾼이 보통 사람의 두 배 속도로 길을 가서 고성에 도착했다. 승선은 여러 손님들과 술 마시며 바둑을 두고 있었다. 승선은 편지를 받아 읽더니 두려워하는 기색 없이 껄껄 웃으며 일어나 말했다.

"소싯적에 작은 재주를 익혔던 일이 후회스럽구나."

손님들이 무슨 말이냐고 묻자 승선은 말했.

"일전에 송씨 조카가 왔을 때 이야기를 나누다 의술이 화제가 되었더랬소. 그래서 내가 침술에 능하다고 자랑을 했더니만 조카가 몹시 기뻐하며 자기 동생이 광증狂症을 앓고 있는데 이리로 보내 치료를 받게 하고 싶다고 했소. 나는 그저 농담으로 생각했는데 지금 정말 그 동생을 보냈다고 하는구려. 오늘내일 사이에 이리로 올 테니 그대들은 집으로 돌아가서 숨죽이고 문을 꼭 걸어 잠그고들 계시오. 미치광이가 제멋대로 날뛰지 못하게 말이오."

손님들은 매우 두려워하며 흩어져 각자의 집으로 돌아갔다. 온 마을에 사람 자취가 끊어졌는데, 사람들은 서로 "승선 댁에 미치광이가 온답니다"라고들 말했다.

얼마 뒤 무뢰한이 불같은 기세로 고래고래 고함을 지르며 나타났다.

"아무개는 우리 집 종놈이다! 아무개는 우리 집 종놈이야!"

온 마을 사람들이 깔깔 웃으며 말했다.

"진짜로 정신 나간 놈이 왔구나!"

승선은 편안히 앉은 채 동요하지 않으며 건장한 하인 수십 명더러 무뢰한을 둘러싸 결박하게 하고는, 즉시 집 뒤의 곳간 안에 가두어 침을 놓기 편하게 했다.

얼마 뒤 마을 사람들이 모이자 승선은 눈썹을 찡그리며 말했다.

"이 조카가 이런 몹쓸 병에 걸렸는지 몰랐네. 거의 고치지 못할 병이야."

사람들이 말했다.

"안됐네요, 명문가 젊은이가 그런 병에 걸리다니. 저희도 미치광이라면 많이 봤지만 이렇게 심한 사람은 처음입니다."

밤이 깊어 사람들이 돌아가자 승선은 홀로 큰 침 하나를 들고 무뢰한이 갇힌 곳으로 갔다. 무뢰한이 입을 열어 함부로 욕을 했지만 승선은 전혀 아랑곳 않고 침으로 여기저기를 마구 찔러 댔다. 무뢰한은 살갗이 다 찢어져서 고통을 견디지 못하고 목숨만 살려 달라 부탁했다. 승선이 듣지 않고 침을 깊숙이 찌르려 하자 무뢰한은 온갖 말로 애걸했다. 그러자 승선은 정색을 하고 엄한 목소리로 꾸짖었다.

"나는 너희 형님께 본분을 지켜서 내가 지내 온 내력을 먼저 말했다. 그랬으면 너는 마땅히 좋은 말로 나를 상대할 것이지 지금 문득 흠을 들춰내 나를 망하게 하고야 말겠다는 게냐? 나는 빈손으로 시작한 사람이다. 어찌 지모가 없어 너처럼 용렬한 자에게 당하겠느냐? 처음에는 검객을 써서 네가 오는 도중에 네 목숨을 끊을까 생각했지만 특별히 선대의 은혜를 생각해서 네 목숨을 살려 두었다. 네가 만일 마음을 고쳐먹는다면 너를 부자로 만들어 주겠다. 하지만 예전 일에 어리석게 집착한다면 나는 사람을 죽인 못난 의원醫員이 될 수밖에 없다. 네가 결정해라!"

무뢰한은 승선의 진실함에 감동하는 한편 이해득실을 따져 보고는 이렇게 말했다.

"마음을 고쳐먹지 않으면 제가 개자식입니다."

"날이 밝으면 그때부터 나를 반드시 숙부라 불러라. 사람들이 혹시 물어보면 너는 이리이리 답해야 한다."

"감히 따르지 않을 수 있겠습니까? 아버지라고 부르라 하셔도 기꺼이 따르겠습니다."

그러자 승선은 아들들을 불러 말했다.

"조카의 병이 다행히 고황膏肓까지 깊이 박히지는 않았기에 온 힘을 다해 침을 놓았더니 신통한 효과를 보았다. 기름진 음식을 잘 차려서 허한 기력을 보충해 주어라."

이튿날 아침, 승선은 자제들과 하인들을 거느리고 들어가 무뢰한을 만났다. 무뢰한은 기뻐서 절을 하며 말했다.

"숙부께서 치료하신 뒤로 정신이 맑아지고 병의 뿌리가 싹 뽑혔습니다. 조용한 방에서 편안히 누워 며칠 몸조리를 했으면 합니다."

승선은 눈물을 흘리며 말했다.

"하늘이 송씨 가문을 망하게 하지 않으려나 보다! 내가 어제 차마 못할 짓을 해서 네 살을 어지러이 찔렀으니 골육상잔이라 할 만하구나."

그러고는 새 옷을 입히고 사랑채로 데리고 나가 극진히 위로하며 대접했다.

얼마 뒤 마을 사람들이 모이자 승선은 무뢰한더러 일일이 인사하게 했다. 무뢰한은 공손히 몸을 굽혀 분부에 따르고는 이렇게 말했다.

"어제 광증이 심하게 일어나 인사불성이었는데, 여러 어르신께 몹쓸 행동을 하지 않았는지 모르겠습니다."

그 뒤로 무뢰한은 매우 공손하게 예의를 갖추며 한가로이 대여 섯 달을 머물러 지내다가 돈 3천 냥을 받아 돌아왔다. 무뢰한은 평생 감사하는 마음을 가져서 감히 이 일을 발설하지 않았다고 한다.

미상

개성 사람 조동지[1]는 본관이 배천[2]으로, 재산이 몇 만 냥이나 되었고, 부리는 차인[3]이 전국 팔도에 두루 퍼져 어디든 없는 곳이 없었다. 다만 본래 자손이 드문 종가인 데다 조카나 다른 후손도 없어서 양자를 얻으려 해도 마땅한 곳이 없었다. 노부부는 그게 늘 걱정이었다.

하루는 조동지가 마루에 앉아 있는데, 문밖에 거지 아이가 왔다. 나이는 열 살쯤 되어 보였다. 때는 엄동설한이었다. 조동지는 아이의 용모와 골격이 괜찮아 보이기에 아이를 방으로 불러들였다. 성씨와 본관을 묻자 아이는 이렇게 대답했다.

"배천 조씨입니다."

---

1. **조동지趙同知**　'동지'는 원래 동지중추부사同知中樞府事의 준말이지만, 직함이 없는 노인의 존칭으로도 쓰였다. 여기서는 후자의 경우에 해당한다.
2. **배천白川**　황해도에 있는 고을 이름.
3. **차인差人**　장사하는 일에 시중드는 고용인.

조동지가 기뻐하며 그 부모에 대해 물었다.

"엄마만 계신데, 지금 성안에서 밥을 구걸하고 있습니다."

조동지는 즉시 거지 아이를 집으로 들여 아내에게 사정을 말하고는, 아이에게 밥을 주고 옷을 주어 집에 머물러 있게 했다. 한편 하인을 시켜 거지 아이의 어미를 찾아오게 한 뒤, 거지 아이의 어미를 '제수씨'라 부르며 가까운 마을의 작은 집에 거처를 마련해 주고는, 거지 아이를 자기 자식으로 삼았다.

아이가 차츰 자라면서 양부모에게 정을 붙이니 조동지에게는 친자식이나 다름없었다. 열대여섯 살에 관례冠禮를 올리고 결혼을 시켰다. 그 뒤로 그 집의 재산 출입을 아들에게 모두 맡겼는데, 아들이 부지런히 용의주도하게 재산을 관리해서 조동지의 마음에 쏙 들었다.

어느 날, 아들이 문득 말했다.

"이젠 저도 장성했으니 마냥 놀 수만은 없습니다. 몇 천 냥쯤 주시면 황해도와 평안도 도회지로 나가 장사를 해 보고 싶습니다."

"우리 개성 사람은 어려서부터 장사에 나서 돈벌이를 하는 게 예사지. 네 말이 마땅하다."

마침내 아들에게 5천 냥을 주었다.

아들은 평양으로 갔다가 기녀에게 빠져 이삼 년을 지내는 동안 5천 냥을 구름이 흩어지고 눈이 녹듯 허비해 버렸다. 아들은 집

으로 돌아갈 면목이 없어 그대로 기생집에 머물러 사환 노릇을
했다.

조동지는 벌써 그 소식을 듣고, 다시는 자기 자식으로 여기지
않겠다며 아들의 생모와 며느리를 모두 쫓아냈다. 며느리와 아들
의 생모는 성문 밖 토막土幕으로 나가 살며 예전처럼 걸식을 해야
했다.

아들 조생趙生은 해진 옷에 깨진 갓을 쓰고 기생집에 붙어살았
는데, 끝내 돌아갈 기약이 없었다. 하루는 기녀가 관아의 잔치에
불려 가서 조생 혼자 집을 지키고 있었다. 그날은 큰비가 내렸다.
조생이 서성이다가 보니, 마당 가운데 금가루가 쭉 흘러내리고
있었다. 근원을 따라가 보니 뒤뜰에서부터 끊이지 않고 이어지는
데, 바로 방문 앞의 섬돌로부터 나온 것이었다. 앉아서 금가루를
모아 보니 족히 몇 근은 되었다. 섬돌을 자세히 살펴보니 다듬잇
돌처럼 생겼지만 실은 덩어리 전체가 생금[4]이었던 것이다.

조생은 기녀가 돌아오기를 기다려 기녀에게 말했다.

"내가 젊어서 당신에게 돈을 조금 쓰긴 했지만, 당신이 그동안
나를 대접해 준 은혜는 잊기 어렵네. 하지만 내가 지금 여러 해
동안 부모님과 떨어져 지냈으니, 인정상 돌아가지 않을 수 없겠
네."

---

4. **생금生金**  정련하지 않은, 캐낸 상태 그대로의 금.

기녀가 그 말을 듣고는 서글픈 얼굴로 말했다.

"조서방趙書房이 오랫동안 우리 집에 머물러 있었는데, 형편이 넉넉지 못하다 보니 생각만큼 대접하지 못해서 부끄러워요. 여러 해 동안 주인과 손님으로 지내다가 지금 돌아가겠다고 하니 주인된 도리로서 그냥 걸어서 가게 할 수는 없지요."

그러고는 그 자리에서 마부 한 사람과 말 한 필을 세내어 주었다.

"정말 고맙네, 정말 고마워! 다만 한 가지 소원이 있는데, 뒷방문 앞에 있는 섬돌 말일세. 귀할 것도 없는 거지만 당신이 아침저녁으로 발을 디딘 돌 아닌가. 내가 지금 돌아가면서 이 섬돌을 가져가 당신 얼굴 보듯 한다면 위로가 될 것 같네."

"조서방이 내게 품은 정을 알겠어요. 내 어찌 돌덩이 하나를 아끼겠어요? 가져가세요."

조생은 즉시 섬돌을 싣고 길을 떠났다.

때는 연말이어서 장사하러 밖에 나갔던 개성 사람들이 모두 집으로 돌아왔다. 집집마다 식구들이 음식을 성대하게 차려서 5리 밖에 마중을 나왔다. 그때 조동지 역시 차인들을 맞이하려고 5리 밖 정자에 나와 있었다.

조생은 해진 도포를 입고 짚신을 신고 돌아오다 그곳에서 아버지와 마주쳤다. 하지만 감히 아버지 앞에 나설 수 없어 한 귀퉁이에서 몸을 움츠리고 있었다. 허다한 차인들에 대해서는 주인과

손님이 모두 기쁜 얼굴로 인사를 나누었지만, 조생에 대해서는
그 아비도 알면서 모르는 체하고, 아들 역시 알면서도 감히 앞에
나서지 못했다. 간혹 조생을 아는 자들이 조생을 보면 저마다 야
유를 퍼부으며 조롱했다.

날이 저물자 조생은 성문 밖 토막을 찾아갔다. 어머니와 아내
의 원망하는 말과 심한 질책을 듣고 있기가 참으로 어려웠다. 조
생은 일언반구도 대꾸하지 못하며 감히 입 한 번 뻥긋 못하고 있
다가 드르렁 코를 골며 푹 잤다.

이튿날 조생은 편지와 함께 금을 겹겹이 싸서 아내에게 주며
아버지에게 바치라고 했다. 조동지는 바야흐로 차인들과 함께 아
침 일찍부터 장부 계산을 하며 방 안에 앉아 있었다. 조생의 아내
는 감히 방 안으로 들어가지 못하고, 하인을 불러 조동지에게 자
기가 왔다는 걸 알려 달라며 금과 편지를 먼저 들여보냈다. 조동
지가 편지를 뜯어 보니 이렇게 적혀 있었다.

제가 여러 해 동안 번 것 중에 지금 보내 드리는 금만 해도
예전에 제가 가져간 5천 냥은 될 것 같은데, 또 이보다 더
큰 것도 있기에 우선 일부를 보내며 아룁니다.

조동지가 봉한 것을 풀어 보니 모두 생금가루였다. 값을 헤아
려 보니 육칠천 냥은 족히 되었다. 조동지는 몹시 기뻐 차인들에

게 미처 발설하지 않고 곧장 일어나 안으로 들어가서는 조생의 아내를 불러 방으로 들어오게 했다. 조동지의 아내가 몹시 성을 내고 욕하며 며느리를 쫓아내자 조동지가 말했다.

"그러면 안 될 일이 있소. 조금만 기다려 보소."

그러고는 며느리에게 물었다.

"네 남편은 건강히 돌아왔더냐? 별 탈 없이 잠은 잘 잤고? 아침밥은 먹었느냐? 너는 돌아가지 말고 여기 있거라. 내가 지금 나가서 네 남편을 만날 테니."

조동지는 당장 성문 밖으로 나가 아들을 만났다. 아들이 절하자 아비가 말했다.

"네가 보낸 금가루가 적지 않던데, 그걸 어떻게 얻었느냐?"

"그 정도 가지고 어찌 많다 하겠습니까. 커다란 금덩어리가 있습니다."

"어디 두었느냐?"

아들이 행낭 안에서 금덩이를 꺼내 보여 주었다. 조동지는 눈이 휘둥그레지고 입이 쩍 벌어지더니 곧바로 놀라 까무러쳤다. 한참 뒤에 일어나 아들의 등을 어루만지며 말했다.

"관상이란 게 틀림없구나. 내가 처음 네 관상을 보니 만석꾼이 될 상이더라. 그래서 너를 아들로 삼았던 것인데, 지금 과연 이 금덩이를 얻어 왔구나. 생금을 정련해 내면 우리 집 재산의 열 배는 될 테니, 이 이상 무얼 더 바라겠니? 네가 한때 오입에 빠졌던 것도 젊은이에게 흔히 있는 일이니 지나간 일은 더 말할 것 없다. 지금 당장 집으로 들어오너라."

조동지는 조생의 생모를 돌아보고 말했다.

"제수씨, 요사이 날이 추웠는데 얼마나 춥고 배고프셨습니까? 내가 지금 가마를 마련해 보낼 테니 당장 옛집으로 돌아가십시오."

조동지는 집으로 돌아간 뒤 조생 가족을 모두 데리고 와서 예전의 부자 관계를 회복하였다.


아아! 부자 관계가 문득 끊어졌다가 문득 다시 이어졌으니, 재물이라는 것을 두려워하지 않을 수 있겠는가? 그러나 이들이 시정의 장사치이고 양아비와 양아들의 관계라는 점을 생각한다면 이들의 잘못을 어찌 깊이 꾸짖겠는가.

작품 해설

이 책에 실린 열다섯 편의 작품은 조선 후기에 창작된 야담계소설野譚系小說이다. '야담계소설'이란 '야담'野譚이 소설로 전화轉化한 것, 다시 말해 민간에서 구연口演되던 시정市井의 이야기가 한문으로 기록되면서 소설로 성립한 작품들을 가리킨다. 야담계소설은 17세기 후반에 성립하여 18세기에 대대적으로 발전해 갔으며, 19세기 전반기에는 『청구야담』靑邱野談과 같은, 야담계소설을 집대성한 작품집이 출현하기에 이르렀다.

야담계소설은 한문으로 적혀 있으나 종종 구어체 분위기가 느껴지고 문체도 소박한 편이다. 이야기의 흔적이 남아 있기 때문인데, 이 점은 화려한 문체의 전기소설傳奇小說과 비교할 때 두드러진다. 한편 시정의 이야기인 만큼 소재가 다양하고 각계각층의 인물이 등장하는 가운데 서민의 소망을 표현한 작품이 많아 조선 후기 서민 생활의 단면을 살피는 데도 도움이 된다.

▪▪▪▪ 「이절도사李節度使가 궁할 때 가인을 만나다」와 「염

의사廉義士가 풍악에서 신령한 중을 만나다」는 신돈복辛敦復(1692~1779)의 『학산한언』鶴山閑言에 수록된 작품이다. 신돈복은 숙종~정조 때의 학자로, 호가 학산鶴山이다. 서울 근교에 살다 황해도 배천으로 이주한 뒤 평생 농촌에서 독서와 농학農學 연구에 매진했으며, 단학丹學에도 깊은 조예가 있었다. 저술로 18세기 후반에 편찬된 것으로 추정되는 야담집 『학산한언』 외에 농서農書인 『후생록』厚生錄, 도서道書인 『단학지남』丹學指南 등이 있다.

두 작품은 본래 『학산한언』에 아무 제목 없이 실려 있었는데, 『청구야담』에 각각 「이절도궁도우가인」李節度窮途遇佳人, 「염의사풍악봉신승」廉義士楓岳逢神僧이라는 제목으로 전재轉載되어 널리 읽혔다. 이 책에서는 『청구야담』의 제목을 취하여 옮겼다.

「이절도사가 궁할 때 가인을 만나다」는 조선 후기 매관매직의 풍토를 희극적으로 반영하고 있다. 관직을 잃고 낙향했던 무관이 다시 벼슬을 얻기 위해 애쓰는 과정을 자세히 묘사함으로써 당대에 매관매직이 얼마나 널리 퍼져 있었는지 보여준다. 아울러 작품 설정과 구성, 세부 묘사에서도 빼어난 면모를 보여주는데, 캐릭터 설정과 정황 묘사가 잘 이루어진 덕분에 주인공이 사기꾼에게 속아 넘어가는 과정이 억지스럽지 않고, 주인공이 삶에 의욕을 잃고 벌이는 행동이나 다시 살 의지를 갖게 되는 과정이 코믹하면서도 자연스럽다.

「염의사가 풍악에서 신령한 중을 만나다」는 정직한 인물 염시도廉時道를 주인공으로 내세웠다. 염시도는 실존 인물로, 그에 관한 이야기가 여러 야담집에서 두루 발견된다. 연암燕巖 박지원朴趾源이 창작한 「광문

자전」廣文者傳의 주인공 광문이 남다른 신의로 인해 시정에서 명성을 얻었듯이, 염시도 역시 정직함으로 당대에 이름이 높았다. 광문은 서울의 거지였고 염시도는 청지기였으나, 둘 다 남이 잃은 물건과 관련해 미담의 주인공이 되었다는 점에서 비슷하다. 염시도는 자신이 모시던 영의정 허적許積이 역모죄로 목숨을 잃으면서 자신 또한 연루되어 죄를 받을 위기에 처했으나 정직으로 얻은 명성 덕분에 목숨을 건지고 복을 누릴 수 있었다.

염시도를 주인공으로 한 소설로는 이 작품보다 먼저 창작된 「염승전」廉丞傳이 있어 비교해 읽어 볼 만하다. 「염승전」은 김경천金敬天(1675~1765)이 1716년에 창작했다. 김경천은 염시도로부터 직접 들은 사실을 작품화한 반면, 신돈복은 여항에 떠도는 이야기를 바탕으로 이 작품을 지었다. 그렇지만 김경천의 소설은 '염시도 이야기'의 유포에 적지 않은 작용을 했을 것으로 보인다.


■■■ 「치산治産을 해 허생이 부를 이루다」는 노명흠盧命欽(1713~1775)이 지은 작품이다. 노명흠은 영조英祖 때의 문인으로, 호는 졸옹拙翁이다. 저서로 야담집 『동패낙송』東稗洛誦이 전한다.

이 작품은 본래 『동패낙송』에 제목 없이 실려 있지만, 『청구야담』에는 「치산업허중자성부」治産業許仲子成富(치산을 해 허씨 집 둘째 아들이 부를 이루다), 『동야휘집』東野彙輯에는 「사인치산낙훈지」士人治産樂壎篪(선비가 치산을 해 형제간의 우애를 즐기다)라는 제목으로 실려 있다. 이 책에서는 『청구야담』의 제목을 일부 고쳐 제목으로 삼았다.

이 작품에는 가난한 양반이 부富를 이루기 위해 체면과 예의를 돌아보지 않고 악착스럽게 일하고 근검절약하는 과정이 잘 그려져 있다. 10년 동안 밥 대신 죽 반 그릇을 먹는 장면, 친지가 찾아와도 방에서 돌려보내며 하던 일에만 몰두하는 장면 등을 통해 주인공의 굳은 의지가 생생하게 드러난다. 한편, 작품 뒷부분에서 주인공 허생이 보여 주는 부부애夫婦愛가 퍽 인상적이다. 야담계소설 중에는 스토리의 흥미에 치중해 인물의 성격 창조가 미흡한 작품이 적지 않은데, 이 작품의 경우 주인공의 성격이 비교적 구체적이고 생동감 있게 그려져 있는 편이다.

■■■ 「네 친구」와 「영남의 가난한 선비」는 안석경安錫儆(1718~1774)의 작품이다. 안석경은 영조 때의 문인으로, 호가 삽교霅橋다. 단실丹室 민백순閔百順, 청성靑城 성대중成大中 등의 유수한 노론老論 계열 문인들과 친밀했고, 춘추대의春秋大義와 북벌론北伐論을 견지한 강개한 선비였다. 그의 글 가운데에는 빼어난 식견과 현실에 대한 예리한 관찰을 보여 주는 것들이 적지 않다. 저술로는 문집인 『삽교집』霅橋集과 『삽교만록』霅橋漫錄이 전한다. 『삽교만록』에는 야담에 해당하는 작품이 여러 편 실려 있다.

두 작품은 본래 『삽교만록』에 제목 없이 실려 있는데, 이 책에서는 『이조한문단편집』(이우성·임형택 역편譯編, 일조각, 1978)에서 붙인 「사우」四友와 「영남한사」嶺南寒士라는 제목을 취하여 옮겼다.

「네 친구」는 산중에서 함께 과거 공부를 하다 서로 다른 길을 가게 된 네 선비의 운명을 흥미롭게 그렸다. 가난에 시달리다 아내를 잃은 뒤

사회에 대한 울분을 품고 공부를 접은 친구, 은거를 택하여 신선과 같은 삶을 사는 친구, 출세하여 관찰사가 된 친구, 과거에 실패하여 곤궁하게 사는 친구, 이 네 사람의 판이한 삶은 조선 후기에 들어 사대부의 계층 분화가 심각하게 야기되던 현실을 예리하게 반영하고 있다. 친구 간의 도리를 앞세워 산적 두목을 긍정적으로 묘사하고, 관찰사와 가난한 친구의 처신을 부정적으로 묘사한 점도 주목할 만하다.

「영남의 가난한 선비」는 조선 후기 몰락 양반의 현실과 원망願望을 반영하고 있다. 몰락 양반이 가난의 굴레를 벗기 위해 양반으로서의 체면을 버리고 적극적으로 치부 행위를 하는 이야기는 다른 야담에서도 드물지 않게 발견된다. 이 작품 역시 가난에서 벗어나고자 하는 선비의 강한 의지를 잘 보여 준다. 특히 평안 감사가 될 재목을 가려낸 뒤 몸을 굽혀 그 집의 비부쟁이가 된다는 놀라운 발상, 평안 감사의 신임을 얻은 뒤 그 재산을 이용하여 부를 축적하는 치밀한 과정이 인상적이다.


　　　**■■■** 「갓바치」와 「아내를 찾아」는 유만주俞晚柱(1755~1788)의 작품이다. 유만주는 영조·정조 때의 문인으로, 당대의 유명 문인 저암著菴 유한준俞漢雋(1732~1811)의 아들이며, 호는 통원通園 혹은 흠영외사欽英外史이다. 저서로는 1775년부터 1787년까지 13년 동안 기록한 일기 『흠영』欽英과 『흠영』의 글을 뽑아 엮은 『통원고』通園藁가 전한다. 두 작품은 각각 『흠영』 1781년 7월 9일 및 1781년 윤5월 21일의 일기 속에 제목 없이 실려 있는데, 이 책에서 임의로 제목을 붙였다.

『흠영』 원문에는 「갓바치」의 바로 앞에, 붓으로 지워 놓은 "우야청전

기삼사단"雨夜聽傳奇三四段(비 오는 밤에 전기 서너 편을 들었다)이라는 여덟 자가 보인다. 이 글귀를 통해 유만주가 자신이 전해 들은 이야기를 작품화했음을 알 수 있다. 여덟 자 속에 들어 있는 '전기'傳奇라는 말은 '기이한 이야기'라는 뜻이다.

「갓바치」는 일종의 기만담欺瞞譚이라 할 수 있다. 그 점에서 이옥李鈺이 창작한 「이홍전」李泓傳(『세상을 흘겨보며 한번 웃다―천년의 우리소설 5』 수록)의 한 에피소드를 떠올리게 한다. 갓바치가 여인의 모욕적인 발언에 깊은 상처를 입고 여인을 속이는 과정은 몹시 주도면밀해서 이미 속임수임을 눈치채고 있는 독자들 또한 쾌감을 느낄 만하다. 하지만 이옥의 작품이 시종 너그러움을 잃지 않고 있음에 반해 이 작품은 그 결말이 잔인하다. 여성의 무심한 말 한마디로부터 시작된 갓바치의 치밀한 복수극이 너무 잔혹하다 보니 웃음이 들어설 자리가 사라졌다.

「아내를 찾아」 역시 작품 말미에 밝힌 대로 작자가 전해 들은 이야기를 작품화한 것이다. 아내를 빼앗아 간 산적 두목의 부하가 되어 몇 차례의 위기를 넘기며 신임을 얻은 뒤 마침내 복수하고 아내를 되찾기까지의 과정을 주인공의 시점에서 흥미진진하게 그렸다. 원수이자 은인인 상대를 죽인 뒤 복잡한 감정을 느껴 그 제사를 지내 준다는 설정은 신광수申光洙(1712~1775)의 「검승전」劍僧傳(『기인과 협객―천년의 우리소설 4』 수록)과 유사하다.

이 작품은 전형적인 액자 구조를 취하고 있다. 액자 속의 이야기는 작중 인물의 '자기서사'自己敍事에 해당한다. 야담은 흔히 작중 인물의 이런 자기서사를 통해 조선 후기 다양한 인물들의 삶과 경험을 반영한다. 이 점에서 야담은 현실과 '열린 관계'를 맺고 있다고 할 수 있다.


　　　▪▪▪ 「효부와 호랑이」는 서경창徐慶昌의 작품이다. 서경창은 19세기 전반에 활동했던 위항시인委巷詩人으로, 호는 학포헌學圃軒이다. 중인中人의 입장에서 조선의 국방·외교·조세 문제를 진단하고 양반도 평민과 마찬가지로 군역軍役을 부담해야 한다는 등의 개선 방안을 제시한 바 있다. 저서로 문집인 『학포헌집』學圃軒集이 전한다. 「효부와 호랑이」는 『학포헌집』에 수록되어 있고, 원제목은 「영남효열부전」嶺南孝烈婦傳이다.

이 작품은 효행담孝行談과 열부담烈婦談과 보은담報恩談을 재미있게 결합시켰다. 여주인공은 그저 충효의 관념을 맹종해서가 아니라, 신의를 지키고 가여운 처지에 있는 사람을 헌신적으로 돌본다는 점에서 아름답다. 그녀는 고결하고 선량하며 따뜻한 마음을 지닌 사람이다. 그러면서도 우유부단하지 않고 명민함과 단호함을 지녔다. 그녀의 이런 태도와 성품은 호랑이와의 관계에서도 잘 드러난다.

한편, 작품의 끝에서 소경인 시아버지가 눈을 뜨는 장면은 「심청전」을 연상케 하는데, 여주인공이 호랑이를 함정에서 구해 내는 과정을 이웃 사람의 말로만 듣다가 직접 그 광경을 보고 스스로 광경을 묘사하기에 이르는 장면이 묘미 있게 서술되어 있다.

이 작품과 비슷한 이야기로 『청구야담』에 실린 「수정절최효부감호」守貞節崔孝婦感虎(정절을 지킨 최씨 효부가 호랑이를 감동시키다)가 있으며, 또 이 작품과 비슷한 내용의 이야기가 근래까지도 설화로 전승되고 있는데,「효부와 호랑이」는 그중에서 가장 소설로서의 면모가 분명하고 문학성도 빼어나다.

 ■■■ 「과부」와 「선천 기생」은 이희평李羲平(1772~1839)이 지은 작품이다. 이희평은 순조純祖 때의 문신으로, 호는 계서溪西이고 본관은 한산韓山이다. 노론老論 명문가 출신으로, 전주부사全州府使·황주목사黃州牧使 등을 지냈다. 저술로는 외6촌인 혜경궁 홍씨의 회갑연에 참석했던 일을 기록한 『화성일기』華城日記, 부친 이태영李泰永의 사적을 기록한 『과정록』過庭錄, 야담집인 『계서잡록』溪西雜錄 등이 전한다. 「과부」와 「선천 기생」은 모두 『계서잡록』에 실려 있다. 원래 제목이 없는 글이지만, 임의로 제목을 붙였다.

「과부」는 조선시대의 중대한 모순 하나를 무겁지 않은 방식으로 드러내고 있다. 조선시대에 결혼한 지 1년도 못 되어 과부가 되었다면 그 여성의 나이는 10대 중후반에 불과하다. 하지만 양반의 경우 남성과 달리 여성은 재혼이 사실상 금지되었다. 개가한 여성의 아들은 과거에 응시할 자격이 주어지지 않았기 때문이다. 한창 나이의 딸이 외로움을 못 견뎌 서럽게 우는 것을 보고 재상은 딸의 앞날을 위해 모종의 결단을 내리고 능수능란하게 일 처리를 한다. 훗날 아들이 비밀을 알아채지만 이에 대한 재상의 반응이 흥미롭다. 심각한 주제를 재치 있게 다루는 솜씨가 뛰어나다. 단편소설의 특징인 단일한 인상과 응축된 통일성도 깔끔하게 잘 구현되어 있다.

「선천 기생」은 선조宣祖 때의 문신 노진盧禛(1518~1578)을 주인공으로 내

세워 사대부와 기생의 사랑을 그렸다. 지인지감知人之鑑을 지닌 기생이 곤궁한 처지의 선비를 돕고 각각 신의를 지켜 백년해로하게 되었다는 이야기인데, 여주인공의 지조가 강조되어 있다.

기생과 사대부가 애정으로 결합한다는 내용은 조선 후기 서사문학 일반에서 하나의 유행이 되다시피한 주제다. 판소리 「춘향가」가 그 가장 유명한 예일 터이다. 야담도 예외는 아니어서 이런 이야기가 적잖이 발견된다. 이런 이야기에서는 크게 보아 두 가지 측면이 주목된다. 하나는 하층 신분의 자아 각성에 따른 인간 해방의 요구이고, 다른 하나는 조선 후기의 사회변동에 따른 계층 상승의 욕구다. 이 둘은 서로 결합될 수도 있지만 둘 가운데 어느 한쪽이 더 현저한 경우도 있어 사례별로 살펴볼 문제다.


■■■ 「바뀐 신랑」은 이원명李源命(1807~1887)의 작품이다. 이원명은 순조~고종 때의 문신으로, 호는 종산鍾山이다. 1829년 문과에 급제한 뒤 경기도 관찰사, 대사헌, 이조판서 등을 지냈다. 1861년에는 정사正使로 청나라에 다녀온 바 있다. 저술로 야담집 『동야휘집』東野彙輯이 전한다. 「바뀐 신랑」은 『동야휘집』에 실려 있으며, 원제목은 「전오연홍금기신」轉誤緣紅錦寄信(잘못된 인연을 돌려 붉은 비단으로 소식을 전하다)이다.

이 작품은 광해군·인조 때의 문신이자 당대의 대표적 시인인 동악東岳 이안눌李安訥(1571~1637)을 주인공으로 내세웠다. 신혼 첫날밤에 친구들과 어울려 술을 마시고는 만취해 쓰러졌다가 엉뚱한 집 신방에 들어가

생면부지의 신부와 첫날밤을 보냈다는 설정이 기발하다.

이 작품은 야담 계열 작품으로서는 특이하게 문장 수식이 많아서 전아하고 화려한 문체를 특징으로 하는 전기소설의 문체에 근접해 있다. 이는 『동야휘집』 수록 작품들의 전반적 특징이기도 하다. 『동야휘집』은 1869년에 편찬된바 야담사野譚史의 말기에 나온 책이다. 『동야휘집』에는 기존의 야담을 보수적 방향으로 변개하면서 야담 특유의 생동감이 약화된 작품이 적지 않은데, 그 문체적 특징 역시 이와 무관하지 않다.


■■■ 「부부의 10년 맹약」은 서유영徐有英(1801~?)의 작품이다. 서유영은 순조~고종 때의 문인으로, 호가 운고雲皐다. 50세 때인 1850년에 사마시司馬試에 합격했으며, 1865년 의령현감宜寧縣監으로 부임했으나 1868년 암행어사의 탄핵을 받아 평안도 삼등三登으로 귀양 갔다가 1870년 유배에서 풀려나 충청도 금계錦溪(금산錦山)로 낙향하였다. 저술로 1863년에 창작한 한문장편소설 『육미당기』六美堂記, 시집 『운고시선』雲皐詩選, 1873년에 완성된 야담집 『금계필담』錦溪筆談이 전한다. 이 작품은 원래 『금계필담』에 아무 제목 없이 실려 있는데, 임의로 제목을 붙였다.

주인공 고유는 임진왜란 때의 의병장인 제봉霽峯 고경명高敬命의 후손으로 훗날 참판 벼슬에 올랐다고 했으나, 실은 허구적 인물이다. 야담 중에는 허구적 이야기 속에 실존 인물을 등장시키는 경우가 많은데, 이 작품은 허구적 인물을 실존 인물인 것처럼 꾸민 사례에 해당한다.

216

부부가 10년을 기한으로 삼아 치부致富한다는 이 작품의 설정은 본서에 실린 「치산治産을 해 허생이 부를 이루다」와 상통하나, 구체적 내용은 전연 다르다. 이 작품에서는 고유가 각고의 노력 끝에 과거에 급제하는 과정에 초점을 두면서 아내 박씨가 부를 이룬 뒤 재산을 가난한 이들에게 골고루 나누어 주었다는 미담을 강조했다. 야담에는 이른바 치부담致富譚이 적잖이 발견된다. 치부담에는 좁게는 몰락 양반이나 도시 빈민의 원망願望이 투사되어 있으며, 넓게는 부富에 대한 조선 후기 사람들 일반의 증대된 관심이 반영되어 있다.


■■■ 「좋은 사람」은 배전裵熎(1843~1899)의 작품이다. 배전은 고종 때의 문인으로, 호는 차산此山이다. 무반武班 가문의 김해 향반鄕班으로서, 중간계급에 속한 인물이라 할 수 있다. 강위姜瑋가 주도한 중인층 시인들의 모임인 육교시사六橋詩社에 참여한 바 있고, 흥선대원군興宣大院君 문하에도 출입했으며, 그림에도 조예가 있었다. 저술로 야담집 『차산필담』此山筆談이 전한다. 「좋은 사람」은 『차산필담』에 실려 있으며, 원제목은 「증염행매」拯艷行媒(미인을 구제하여 중매를 서다)이다.

이 작품의 출발점은 1812년 홍경래洪景來(1771~1812)의 반란과 관련되는데, 간접적으로나마 '홍경래의 난'이 소설에 언급된 드문 사례에 해당한다.

주인공 조득철은 의인義人이라 할 수 있는데, 그 선의善意가 돋보인다. 원주 노인과 긴 대화를 나누며 혼약을 맺는 대목, 혼례를 준비하고 속

임수를 사과하는 대목에서 조득철의 주도면밀하고도 다정다감한 성
격이 잘 느껴진다.


■■■ 「송씨 양반이 궁할 때 옛 종을 만나다」와 「생금을
얻어 부자가 다시 한집에 살다」는 『청구야담』에 실려 전하는 작자 미
상의 작품이다. 이 책에서는 원제목인 「송반궁도우구복」宋班窮途遇舊僕
과 「획생금부자동궁」獲生金父子同宮을 옮겨 제목으로 삼았다.
「송씨 양반이 궁할 때 옛 종을 만나다」는 조선 후기 사회의 신분 동향
을 여실히 반영하고 있어 각별한 주목을 요하는 작품이다. 주인과 노
비의 갈등을 다룬 조선 후기의 수많은 작품들이 주인인 지배층의 시각
에서 사건을 서술하고 있는 데 반해, 이 작품은 단연 노비의 입장에서
갈등을 형상화하고 있다. 노비로서 신분을 속이고 동부승지에 이른
최승선崔承宣의 일생도 흥미롭지만, 이후의 위기 상황에서 보여 주는
기지와 능란한 대처가 놀랍다. 노비로서 양반 행세를 하며 고위 관직
에 오른 인물을 작자가 전혀 부정적으로 묘사하지 않고, 그 능력과 인
품을 긍정적으로 그려 내고 있는 점에서 신분 문제에 대한 당대인의
의식 변화가 감지된다.
「생금을 얻어 부자가 다시 한집에 살다」는 조선 후기 시정 세태의 일
면을 그리고 있다. 작품의 핵심은 '돈'이다. 아들이 기생에게 환대를
받다가 나중에 곤궁해지자 더부살이를 한 것도, 아비에게 절연당했다
가 사랑을 되찾게 된 것도 모두 돈 때문이다. 우연히 생금을 얻는 기막
힌 행운이 없었다면 아들 가족은 비참한 삶에서 헤어날 길이 없었을

것이다. 이 작품은 비록 양부養父와 양자養子의 사이라고는 하나, 부자
관계마저 돈에 따라 좌우될 정도로 당시 사회가 이익사회의 형태로 변
해 가고 있음을 반영하고 있다.